文治
© wénzhi books

给贤南哥的信

[韩] 赵南柱 等 著

简郁璇 译

SPM 南方出版传媒·花城出版社
中国·广州

图书在版编目（CIP）数据

给贤南哥的信 /（韩）赵南柱等著；简郁璇译 . —广州：花城出版社，2021.3
ISBN 978-7-5360-9331-7

Ⅰ. ①给… Ⅱ. ①赵… ②简… Ⅲ. ①短篇小说—小说集—韩国—现代 Ⅳ. ① I312.645

中国版本图书馆 CIP 数据核字（2020）第 266614 号

合同版权登记号：19-2020-169

현남 오빠에게 (Dear Hyunnam)

Copyright © 2017 by Cho, Nam Joo,（赵南柱）, Choi, Eun Young（崔恩荣）, Kim, Yi Seol（金异说）
Choi, Jung Wha（崔正和）, Son, Bo Mi（孙宝渼）, Gu, Byeong Mo（具玹模）, Kim, Seong Joong（金成重）
All rights reserved.
Simplified Chinese translation Copyright © 2020 BY BEIJING XIRON BOOKS CO., LTD
Simplified Chinese language edition is arranged with Dasan Books Co., Ltd
through Eric Yang Agency

本书中译本由时报文化出版企业股份有限公司委任安伯文化事业有限公司代理授权

出 版 人：	肖延兵	
责任编辑：	陈诗泳	欧阳佳子
特约监制：	潘 良	于 北
产品经理：	韩 帅	烨 伊
技术编辑：	薛伟民	林佳莹
装帧设计：	尚燕平	
封面插画：	袁小真	

书　　名	给贤南哥的信 GEI XIAN NAN GE DE XIN
出版发行	花城出版社（广州市环市东路水荫路 11 号）
经　　销	全国新华书店
印　　刷	天津旭丰源印刷有限公司
开　　本	880 毫米 ×1230 毫米 32 开
印　　张	9 2 插页
字　　数	137,000 字
版　　次	2021 年 3 月第 1 版 2021 年 3 月第 1 次印刷
定　　价	48.00 元

本书中文专有出版权归花城出版社独家所有，非经本社同意不得连载、摘编或复制。
如发现印装质量问题，请直接与印刷厂联系调换。
购书热线：020 — 37604658 37602954
欢迎登录花城出版社网站：http://fcph.com.cn

目录

第一章　我们的故事

致贤南哥　　　　　　　　　　003

你的和平　　　　　　　　　　037

更年　　　　　　　　　　　　071

第二章　她们的故事

让一切回归原位　　　　　　　123

异乡人　　　　　　　　　　　151

鸟身女妖与庆典之夜　　　　　195

火星的孩子　　　　　　　　　239

解说
将女性置于故事核心的文学力量　　273

第一章 我们的故事

致贤南哥

赵南柱 조남주
©Minumsa

1978年生于首尔，2011年以《倾听》获第17届文学村小说奖，正式踏入文坛。曾获第2届黄山伐青年文学奖、第41届年度作家奖。著有长篇小说《献给柯曼妮奇》《82年生的金智英》《她的名字是》。

此时我来到了我们经常光顾的咖啡厅，坐在窗边的老位置，可以看见贤南哥你的公司大楼呢。我用指尖点着从一楼开始数起，一、二、三、四、五、六、七,七楼，你应该就在那众多窗户的其中一间里面。我们约好了十个小时后要在这儿碰面吧？但是我没有勇气当着你的面说，所以留下了这封信。

　　对不起，我已经说过好几次，我无法接受你的求婚。我决定不和你结婚。我感到很害怕，也没有信心判断这项决定是否正确，未来会不会后悔，或是没有了你，我是否能活下去。我真的苦恼了很久。

　　已经第十年了，等于我的人生几乎有三分之一的时间是和你一起度过的。虽然往后再也见不到你的事实令我难以置信,但我打算就此打住。过去谢谢你了,真的很谢谢你,谢谢你,还有……对不起。

我想起了十年前和你相遇的那一天。都二十岁的大人了,我竟然还会在学校里迷路,原地打转,现在想起来还是觉得自己很没用。面对陌生的城市、陌生的学校、陌生的人群,那时的我似乎有些紧张,突然拥有过多的自由,不安与负担也随之扩大,犯下许多莫名其妙的错误。

我到现在还记得你当时的表情。你直勾勾地瞅着突然冒出来、询问工学院在哪里的我,接着以既不像嘲笑但也不怎么亲切的口吻说了一句:"走吧,我也要去工学院。"工学院偏偏位于半山腰,我们穿越了被学生唤为"亚马逊"、人迹罕至,并且大白天也十分昏暗的一小片森林。后来我才得知,只要爬图书馆旁边的楼梯就行了,那条路明亮许多,也有很多人走动,我还因此向你发了一点儿脾气。你说,是因为我看起来很着急才带我走捷径的。

起初,我很慌张地以为迷路了,走在那片"亚马逊"森林时一直很紧张,直到抵达工学院前,心脏都仿佛炸开来般怦怦跳个不停,甚至能感受到指尖阵阵发麻。放下心中的大石后,想到自己能够平安抵达工学院,不禁觉得你真是个大好人呢。

我打算向你道谢,却不知怎么始终开不了口,直到你说:"上课没迟到吗?赶快去!"我还一动也不动地愣愣站在原地。你抽走我手中的笔记本,确认了最后一页的课表,阔步走进了大楼。这时我的身体才宛如诅咒解除般总算活动自如,我一边喊着"请把手册还给我",一边像个傻瓜般"咚咚咚"地跟上你的脚步。到头来,等于是你送我到教室的。

那天的事,在你的记忆中应该有些许不同吧?你说,是我要求你带我去的。那时你在工学院上完课,去图书馆还了书,正在前往学生食堂的路上,你甚至还将课表拿给我看。虽然当时你说"走吧"的嗓音和腔调言犹在耳,但你说那只是我的错觉,轻描淡写带过了,因为你认为这件事无足轻重。

可是,你确实说了"走吧,我也要去工学院"。我在上那堂工学院课程时,在笔记本上写了约莫十次"我也要去工学院,我也要去工学院,我也要去工学院……"。我好像完全没在听课,整堂课都在涂涂写写那些句子。要是我说出这件事,就好像是我对你一见钟情,这让我觉得很难为情,所以无法向你坦白。再说,你原本不就确信,是我先拜托你的吗?

先前发生过很多次类似的情况,一时要举例却怎么也想不起来。啊,你还记得我们在江南遇见圭演吗?当时圭演坐在一个有偌大窗户的咖啡厅内,我们从对面经过。

你说:"那是你们系上的吧?"

我否认道:"那是你社团的学弟,所以我才会认识。"

你却一副觉得很扯的样子,笑得非常大声说:"我会不认识自己社团的学弟吗?这怎么可能!"

那按照你的话来说,我不就成了不认识系上同学的人吗?于是我也忍不住用强硬的口气说:"圭演是你社团的学弟。"你却反问我今天干吗这么敏感,还说"就当作是你对吧"。

我一时气不过,拉着你的手过马路,走进咖啡厅,亲自从圭演口中听到他说是你的社团学弟,而且和我就读不同科系。但我之所以哭出来,不是由于我对你觉得好笑的事感到生气，你还不当一回事地说难免会搞错，而是因为在去找圭演的途中，我不断怀疑自己，如果真的是我弄错了怎么办？如果是我搞混了怎么办？

父亲对我要到首尔求学一事感到忧心忡忡，从考上大学到搬进宿舍，最常从父亲口中听到的话就是"自己要小心"。女学生成为坐台小姐，表妹肚子被搞大后回到故乡，朋友的女儿被有妇之夫欺骗而搞砸人生，女性后辈喝醉酒被出租车司机侵犯……父亲口中说出了无数个女人离家后变得不幸的故事。

入学后没多久举办了一场开学派对，有一位男同学被发现偷拍喝醉的女同学，导致我们系上闹得天翻地覆。那时你也说，要我小心首尔人，尤其不能相信男人。

我也算是在大城市出生长大的，很习惯高楼大厦、水泥丛林、路面宽阔复杂且人潮拥挤的街道。尽管如此，首尔却截然不同。或许问题并不出在首尔，而是因为我是孤零零的一个人，意识到身边没有给我建议的前辈和能够保护我的大人，内心才会如此惶惶不安。加上课业繁重，打工又很辛苦，基于义务感而必须维系的人际关系也令我疲惫不堪。

你对各种奖学金种类及申请办法、简易选课的方法、能够替自己加分的校内活动都了如指掌，也拥有许多关于课程和教授特色的信息，在你的帮助下，我才得以相对轻松地度过学校生活。犹如无头苍蝇般横冲直撞的新生朋友们很羡慕我，当时的我确实有些扬扬自得，也很自然地依赖你的判断与建议。

我们就读的科系完全不同，却修了许多相同的课，这都多亏你积极推荐人气爆棚或给分很高的课程。虽然起初学那些既陌生又不合我兴趣的科目觉得很有压力，如今回首，却发现那是能够多元学习的大好机会。

我尤其经常想起基础物理学课程。你应该还记得重修基础物理学时，我也稍微去旁听了一下吧？真不明白那位教授是怎么一眼就看出我是旁听生的。他说自己授课三十年，第一次遇到来旁听物理学的学生，第一堂课时要我自我介绍，还时不时问我是不是理解了，向我提问，称赞我回答得很好……我感到很难为情，也有些尴尬，但久违的物理课很有趣，我也很感谢教授。虽然我学得不好，教授却只因为我很认真听课，而对我疼爱有加。但也因为这点，我终究没能旁听到学期末。

你非常讨厌教授，说那不是对待学生的正常态度。是我太迟钝吗？其实在你说这番话前，我一点儿也不觉得教授有任何奇怪之处。一听到我说没什么特别感觉，你随即说："没想到你是这种人。"老实说，当时我之所以停止旁听并不是因为教授，也不是因为你讨厌教授，而是倘若我再若无其事地听课，我好像真的会成为一个怪人。

教授从来没有在课堂以外的时间私下找过我，也不曾问过我的个人信息，他总是使用敬语称呼学生。是啊，虽然相较之下，教授经常向身为旁听生的我提问，但那些问题全都是和课程相关的内容，你却说教授的动机不单纯，另有企图，觉得很厌恶，反感，还因此发了一顿脾气，质问我："你不会觉得不舒服吗？"当然发怒的对象不是我而是教授。但你不也指责我没有识人的眼光又很迟钝吗？我觉得心里很难过，也对造成这种尴尬情况的教授产生怨怼，连带着心情真的变得很不舒服，也多疑起来。在你重修基础物理学的整个学期，我们一直称呼那个教授为"变态"。

自从那件事后,我开始觉得男性朋友让我很有压力。他们会不会对我怀有非分之想?会不会对我说的话或行为有所误解?最重要的是,我害怕自己无法解读出他们所传递的性暗示,做出可能让男人误会的行为。该怎么说呢?虽然这种措辞不太好听,但那让我觉得自己好像突然变成很开放的女人。我开始更严格地管束自己,拒男人于千里之外,也不去有男人参加的聚会,人际关系与活动范围都因此缩小了。

这些我原本都忘得一干二净,直到去年朋友提起那位教授的事。你还记得智瑜吧?我住宿舍时的第一位室友。智瑜一进公司就被派到大田总公司,有好长一段时间我们都没办法见面,直到去年她回到首尔,才终于见上了一面。

智瑜最先问起你的近况,听到我说你过得很好,她随即笑着说:"你真的和贤南哥交往好久,真了不起。"虽然脑海中瞬间闪过"真了不起"是什么意思,但我只是一笑置之。

回想着如何和你自然而然地变成男女朋友,却聊起跟你去听课的往事。智瑜说她怎么也想不到我会去旁听物理学,"不过那堂课应该很有趣吧?教授很有绅士风度"。听到这句话的瞬间，我眼前一片空白。没错，教授确实很有绅士风度，虽然和我父亲是同一辈的人，但并不因循守旧或高高在上，用"有绅士风度"来形容他再合适不过了。可是在我的记忆中，为什么他是一位让人不愉快的人呢？虽然只有一小段时间，但我为什么会称呼他"变态"呢？他从未和我握过手，也不曾有过上课内容以外的任何对话啊。

我们做错了。虽然没有公然诽谤，但我们确实基于错误的判断而谩骂一个人。之所以会在多年后突然提起这件事，是因为如果你至今还对教授存有扭曲不实的记忆，我希望你能修正它。事到如今，不管我们想什么、说什么，都不会对教授造成任何影响——不，教授应该全然不知情吧。尽管如此，我仍认为错误的事就应该纠正，毕竟我们毫无根据就诬陷了一个人，不是吗？

仔细回想，在对于人的好恶方面，你对我造成很大影响。若再次提起这个名字，你应该会感到非常厌恶吧？我是指你曾经很讨厌的知恩，也就是我的朋友。你们两人是在校庆初次见面的吧，我们一起去了知恩的社团摊位，三人越聊越高兴，之后还喝酒喝到很晚才结束。

起初你和知恩非常合拍，热络到我都要吃醋了。自从知道知恩喜欢棒球，又跟你支持相同的队伍后，我好像瞬间变成了隐形人。你们两个不断谈论我不认识的选手和教练名字，分享过往比赛的回忆，我虽想插话，要你们讲点儿我也知道的话题，但总觉得那有损自尊心，只好假装兴致勃勃地赔笑搭腔。

虽然我们不会刻意约时间碰面，但在学校很自然就会碰到。有时我和你在一起时也会找知恩，三人一起吃饭；有时则是和知恩一起到你上课的大楼，三人一块喝杯咖啡；我们还曾三人一起去看过一次棒球吧？棒球比赛很精彩，我们热情地为球员加油，大声唱应援歌曲也很有趣，而且原来在棒球场喝啤酒会觉得更畅快顺口呢！就算对棒球一知半解，也没有特别支持的队伍，但我也能玩得很开心啊！我甚至觉得诧异，为什么你过去不曾约我去看棒球呢？可是打从那天开始，你和知恩之间有了嫌隙。

那是你们两人支持的队伍连续惨败后逆转获胜的日子，

兴奋之情尚未退去的我们觉得就此离去很可惜，就到便利店买了一堆啤酒和下酒菜，跑到公园的长椅上坐着。是在知恩率先喝完一罐啤酒之后，还是在我们正反复回味已结束多时的比赛时呢？

你对知恩说："你好像和一般的女生不一样。"

知恩问："那是什么意思？"

你说："这是称赞。"

知恩再次询问："一般的女生是怎样的？和一般女生不一样怎么会是称赞？那你是指一般女生都不怎么样吗？"

气氛突然变得凉飕飕的，酒局草草结束，但你还是让出租车先前往知恩家，才送我回宿舍。知恩下车后，我坐在出租车里听你数落知恩有点儿莽撞，接着说她好像挺没礼貌的，最后又说她没教养。其实听起来有点儿不舒服，好歹她也是我的朋友，怎能说她没教养？

还有，我怕会惹你不高兴才没说出口，但知恩好像也觉得你不怎么样。从某一刻开始，她经常会问我是不是真的喜欢你，喜欢你哪一点，为什么会喜欢你……要是我说为什么问这些，知恩也只会轻描淡写地说"没什么"，但我可以从她的表情和口气中感觉到错综复杂的情绪，像是疑问、担忧、不安……

后来，两人是因为你的同学会而产生嫌隙的吧？那并不是一般的同学会，而是你毕业的高中规模最大、历史最悠久的社团总校友会，是如今成为社会中坚分子的大前辈携家带眷参加的场合。你事先表示会带我同行，买了要穿去参加校友会的端庄礼服给我，还预约了当天替我化妆的美容院。你说，这是要给我的礼物。虽然很感谢你，也觉得自己获得了你的认可，但其实我并不怎么高兴。我无法用言语表达出来，但那就像有块极为细小的肉末塞在牙缝里，怎么样都弄不掉的那种郁闷、排斥感与不自在。

我告诉知恩后，她冷不防地说："那是他的校友会，为什么要让你穿新衣服和化妆？你是贤南哥的饰品吗？"

啊，原来就是这个，我这时才明白自己不自在的原因。我辗转难眠，苦思了一整晚，最后决定向你表达我的想法。我非常小心翼翼地对你说，如果衣服可以退货，我希望能退掉，也不去美容院了。虽然很感谢你邀请我去参加校友会，但我希望能穿自己的衣服，化平常的妆，以原来的样貌出席。如果场合不适合以这身装扮参加，那么很抱歉，我必须婉拒。因为说话时过于紧张，我把指缘的死皮全都抠下来了。

出乎我的意料,你很平静地接纳了我的意见。"仔细想想,这个场合的确可能会造成你的压力,这次我就自己去吧,明年你再考虑能不能同行。"我长长吐出一口气,总算安心下来。"不过,这是知恩要你说的吗?"那时,你曾这样问我吧。当然知恩确实说了一些负面的话,但我心里也一直存有芥蒂,最重要的,这是我做的判断。尽管我回答这是我个人的想法、我一个人做的决定,但你好像没有听进去。

你眯着双眼,眉头微蹙,兀自陷入沉思,然后点了点头。那是你不高兴时特有的表情,竭力遏止自己发火的表情,又像是在诉说"向你追究有什么用"的表情。你又露出老是让我必须看你眼色的表情说:"当然不是知恩叫你这么说的啊。你现在会认为这是自己的判断,但你是以什么根据做出这种判断的?你一定对知恩提起校友会的事了吧?我可不认为知恩会说出什么好听的话。"

我没办法立刻解释清楚,又害怕你会说要分手。如果没有你的帮助,我能安然度过学校生活吗?能维持我的日常运作吗?我感到害怕。再说了,已经有太多人知道我是

"姜贤南的女朋友"。你不也知道,一旦校园情侣分手,会有什么样的传闻,又会遭受到何种眼光,对女生尤其如此。

我问你:"你生气了吗?"

你却突然大声嚷嚷:"我没生气!"在我说到"原来你生气了,但这是一场误会,我……"时,哐!你用力拍了一下桌子:"我没生气!干吗一直说我生气?就是因为你这样讲,我的火气才会上来!"

你经常会突然摆臭脸或提高嗓门儿,我问你是不是生气时,你就会反驳说没有,是因为我说你生气了你才发火,怪罪到我头上,但世界上有一边说"我生气了!"一边发脾气的人吗?摆一张臭脸大吼、拍打桌子就是在发脾气啊。

不过你的心情很快平复了,并给了我忠告:"你现在已经不是小孩子了,你觉得为什么会有人脉或学缘[1]这些说法?你要谨慎地选择来往的对象。我希望你能重新评估一下知恩这个人。"后来你再也没见过知恩,刚好第二年知恩去当交换生,你也在这段时间内毕业了,我和知恩也自然断了联系……你应该这么认为吧?我只是没在你面前提起

---

[1] 以同校前、后辈关系所形成的人脉。

你讨厌的知恩罢了。

知恩去当交换学生时,我偷偷申请了一个电子邮件账号,持续和知恩通信。放假时我还去了加拿大,两人一起旅行了半个月。没错,就是我说去拜访阿姨的时候。我没有什么住在加拿大的阿姨或表姐,照片中的女学生不是我表姐,而是知恩的室友。你说跟我长得一模一样吧?她是中国人。

以前你几乎等于是我的监护人。我生平第一次和父母相隔两地,只身在异地生活,经常感到孤立无援、不知所措,你真的帮了我很多忙。不,你几乎一手包办了一切。在我们交往的十年间,我一共搬了两次家。起初从学校宿舍搬到外面住时,我茫然无助,因为爸妈都要工作,又是晚年得子,不可能到首尔替我打点,我也不想长这么大了还依赖父母。

你发觉我想独力解决一切时,说了一句:"女生不该一个人去看房子。"甚至向公司请了假,陪我去找要住的房子，真的很谢谢你。我一心想找房租便宜的房子，但它们不是位于人迹罕至的山坡上，就是在偏僻巷弄，跟着中介大叔走进漆黑的空房时，我都会暗自觉得好险，心想要是没有你该怎么办。智瑜在找出租套房时，不是有个只见过一次的中介大叔一直打电话骚扰、传短信说要交往，她还因此换了手机号码吗？女生告诉别人自己是一个人住，真的非常危险，也幸亏有你替我出面，替我和房东交涉房租、壁纸、修缮房子、防盗装置等。

尤其现在住的第二个房子窗外的景色很棒。爬山虎的藤蔓沿着对面屋子的墙面蔓延垂挂，尽管被建筑物遮蔽许多视线，仍能瞥见另一头的公园。虽然你说可能是位于公园附近的缘故，有很多飞虫，而且好像有股腥臭味，但我非常满意，我非常喜爱那被你形容为"腥臭味"的隐约的青草香和泥土味。

接受你的建议，搬到这个离你公司很近的小区真是做对了。因为你下班时间很晚，不是经常觉得还要约会很累吗？反正我回家顺路，到你公司见一面也很方便，而且我就住在这一区，你不必特地送我回家。偶尔加班时，你也会在我家过夜。虽然长期下来，感觉这房子对你的好处好像更多，但我也觉得很不错，我们就像一对新婚夫妻。你放在牙刷架上的牙刷、置物架上的一次性刮胡刀、收在五斗柜内的一套七分运动服和几件内衣……我没有办法还给你，但也无法收藏它们，所以来之前都先扔掉了。

对了，我今天会搬家。

假如我说，我在没有你的陪同下，自己去找房屋中介退租，看新房子，预约搬家公司，也做好了搬家准备，你会相信吗？登记簿誊本和建筑分类账也确认了。在签约、中期付款、结清尾款时，一共确认了登记簿誊本三次。

要搬进去的全租屋[1]恰好是空房，所以我做了一点儿简单的手工装潢，像贴壁纸、纹路贴皮、钉置物架和安装壁橱等。我独自在网络上购买材料，亲自拿着工具去敲敲打打。虽然过去你说我的手会受伤，一根钉子也不让我碰，但其实我很喜欢动手做东西，因为我父亲的嗜好就是用木头制作家具。现在老家客厅的桌子、厨房置物架、餐桌、妹妹的书桌、猫爬架都是父亲亲手打造的。我自小耳濡目

---

1 全租是缴一笔高额保证金后，租房期间无须再缴月租，到期后可拿回保证金，月租是付一至两个月保证金后按月缴租。

染，经常在父亲身旁帮忙锯东西、敲铁锤和刷油漆。好久没有触摸木头了，感觉真好。那时你是基于担心我才这么说的，我也不好直说可以自己来。

写完这封信回去后，搬家公司的员工应该也差不多打包好行李了。听说今天就会有新房客住进来，所以请别白费力气跑到我先前的住处。当然你应该不会这么做，不过也请别跑到图书馆找我。其实，我现在是停薪留职。

我正在学习从未接触过的全新领域。要详细说明有点儿复杂，总之我在为某些事做准备，目前是停薪留职的状态，也说不定会辞掉工作。我并不讨厌我的工作，那是个完美得无可挑剔的工作环境。

对喜爱书籍的人来说，还有比图书馆更好的工作环境吗？更何况还是公务员。这都多亏了你，你说有一种司书职的公务员很适合我的个性，工作又稳定，非常积极地向我推荐。你常说，就算不当公务员，也希望我拥有一个能按时下班的职业。我心想，大概是你的工作总是加班到很晚，觉得很辛苦的缘故。但你说不会，自己的工作很不错，"因为我很晚下班，所以你早点儿下班比较好啊"。但你那疲惫的表情在我的脑海中挥之不去，最后我按照你说的，着手准备司书职公务员考试。

　　准备考试并不容易,尤其我很晚才开始辅修图书馆学系,必须再多读一年大学,感到很吃力。尽管念书本身对我是种负担,但相较之下学费的问题更大。你也知道,我们家在经济上并不宽裕,原本就有大半学费需要依靠奖学金和助学贷款,大部分生活费也要靠打工贴补,我实在无法开口要求父母再资助我一年。

　　那一年就像在进行极限挑战,白天要上课,没课时就专心准备考试,晚上从补习班讲师、服务生、收银员到活动助手,我能做的全做了,那年考试却以落榜收尾。听到我说下一次要降低目标去考九级公务员,你数落了我一番。虽然你很受不了轻言放弃、容易满足的我,但其实当时我也有些受伤。你一分钱也没有补助我,却不知道对我说过多少次"买这本书吧""买那本书吧""听这堂课吧""考这门考试吧"……

　　打工加上读书,再度蜡烛两头烧的一年宛如地狱。假设这次又落榜,把时间都耗在准备公务员考试的我还能做什么?会有我能做的工作吗?能把助学贷款还清吗?我感到孤单无助。

你察觉了我如坐针毡的心思，于是说："我没想到你是这么软弱的人，这样我没信心能和你组成家庭，稳定地走一辈子。"

当时我有口难言，自从你说了这番话，我的不安感达到顶峰，如果不服药就无法成眠。我好像吃了六个多月的药，那时你还在我的房间看到药袋了呢。还记得吗？当时我说那是感冒药。你说我既没咳嗽，也不到全身无力的程度，吃什么药？要是吃药吃成习惯就不好了。后来你说要去上班，出门后又买了粥、橘子和维生素回来，冷不防地递给我，接着你像是感到难为情，头也不回地走了。粥、橘子和维生素我都乖乖吃了。虽然这句话来得这么迟，但很谢谢你。不过，那并不是感冒，那些药物是镇静剂和睡眠诱导剂。

当时我一事无成，既要念书又要打工，忙得几乎断绝了与所有人的来往。我不是和家人分隔两地独自生活吗？能够信赖和依靠的人真的就只有你了。再说，真不晓得为什么我会觉得自己年纪很大，没办法找到工作的同窗一直在延毕，而前辈则说早一岁算一岁，要我随便找个工作，还有一个认识的姐姐说要去念教育大学而重考。

"这样好像会更快一点儿。"那位姐姐的话语深深扎进我心底。

当时你经常把"女人到二十五岁就凋谢了"的玩笑话挂在嘴边吧？虽然我若无其事地笑了笑，内心却非常不安，感觉我的人生真的就此结束了，不可能碰上新的人、事、物，也不会有新的机会。

但时光荏苒，如今回首，当时我似乎是太年轻了。最重要的是，比我大五岁，当时三十岁的你竟说我"凋谢了"，如今年届三十的我回想起来，觉得真是滑稽得可以。

我铆足全力读书，你则仔细替我安排了补习班和读书时间表，替我管理成绩。连我父母都不曾拿成绩来唠叨或发脾气，没想到生平第一次从你口中听到叫我读书这种话。

从考前一个月开始，你每天都会配合补习班的下课时间接送我到读书室。当时你工作正忙，要配合我的时间下班还得看他人眼色，你还说开父亲的高级轿车到处跑很有压力，但为了我仍欣然承受一切。我上午要打工，下午又要时时绷紧神经听课，不免又困又累。你担心我回家后会先躺到床上不小心睡着，而且也很难专心念书，所以每天都接送我到读书室。虽然真的很感激你，但其实我很痛苦，也很疲惫，我们当时不是经常吵架吗？

只要我说不想准备考试，也不想当图书管理员，你就会说："这都是为了你好。"我无话可说，其实我通过考试、找到工作、成为公务员，终归都是我的事，但如果又听到你补上一枪："我为了你付出这么多，你连自己该念的书都没办法念吗？"当下我真的哑口无言，想说的话无法说出口，只能郁积在心底，所以身体状况也持续恶化。

有一次补习班下课后，我没有走到你停放车子的停车场，而是直接从小门出去了。对我而言，那是一次很强烈的叛逆行为，可是你知道我有多惊慌失措吗？想到我必须搭你的车到读书室前的紫菜饭卷餐厅，按照你指定的餐点吃一顿迟来的晚餐，然后被你拽着走进读书室，那真的比死还痛苦，所以我才逃走的。

但我真的不晓得该怎么做，没有一个地方能避开你。我当时所知道的场所就只有我家、紫菜饭卷餐厅、读书室，我们偶尔一起去念书、去位于读书室前的咖啡厅……真不晓得为什么其他地方一个都想不起来，我绞尽脑汁，好不容易才想到电影院。

我只是随便挑了一部刚好上映的电影，买了一张电影票，走进放映厅。过了半小时左右吧，你"嗖"的一声坐到我身旁的座位上。起初我还胡思乱想，是别人吗？我看错了吗？是我太过紧张所以出现幻觉了吗？等到我发觉真的是你时，吃惊得连尖叫都叫不出来。

你静静地看着全身吓僵的我说："既然钱都付了，看完电影再说吧。"

就算那里和补习班距离很近，但为什么偏偏是那家电影院？你又怎么知道我去看哪部电影？我内心充满诧异和疑惑，但那些想法稍纵即逝。我一面看着电影，一面想着搭你的车回家时，可以用什么理由解释我的叛逆行为，脑袋变得一团乱。因为你肯定会问我为什么要那样做。可是那天你并没有责怪我，也没有追问原因，就好像我们结束了电影院的约会般，泰然自若地送我回家。

"仔细想想，我们好久没看电影了呢。为了准备考试，连个像样的约会都没有，你一定闷坏了吧？我们偶尔也像这样看场电影、吃点儿好吃的吧。"

当时的我就像个傻瓜，一句话也说不出来，只能默默流泪。

那天我们没有去紫菜饭卷餐厅，而是吃了排骨汤。你说我的身体太虚了，要请我喝肉汤。我几乎一口也吃不下去。首先，我心里觉得很不舒服，而且，我讨厌排骨汤。你经常说你喜欢爱吃雪浓汤配烧酒、生活简朴又性格豪爽的女生吧？可是雪浓汤很贵的，而且我不怎么喜欢水煮肉，肉当然是要烤的才好吃啊！你老是提议说要吃雪浓汤、排骨汤，要是我不怎么吃，就会念叨我挑嘴，最后形成恶性循环。我并不是挑嘴，只是你说要让我补身体而请我吃的食物不合口味罢了。我说了好几次，你却只当成耳边风。我再说一次，吃肉还是用烤的才美味。明明只是口味差异而已，真不晓得为何当时无法坦坦荡荡地说出来。

后来才知道，你是看了我的信用卡交易记录才跑到电影院的。过去我们分享所有的账号与密码，把对方的学号、员工证号码、身份证号当成自己的背下来。一方面是基于方便，另一方面也把知道彼此的数据视为理所当然，没想过要特意更改。而且那时我不是没工作也没有朋友吗？要是万一有个危险也没人知道，但你对我的个人情况了如指掌，所以我也感到很安心。

我们太缺乏私生活，也对彼此太没有戒心了。我的账号与密码全都更改了，本来还担心自己能否记住所有的网站,因为那些都是当下有需要才加入会员的,没想到最近有个网站能够告诉你曾经加入过哪些网站。这个世界真的很便利吧?当然我会努力避免自己去用你的账号,不过我也无法完全信任自己,所以希望你也能改掉密码,顺便趁这次机会整理一下不用的账号。

沉浸在书本世界的时光十分幸福。不管怎么说,在图书馆工作久了,也自然而然地会接触、阅读各式各样的书籍,但工作要比想象中繁重。你也曾担心过,每当图书馆举办活动,我就得经常加班、周末上班,往后要怎么养育孩子呢?你说你的职业需要频繁加班,所以希望我的工作能早点儿下班,尽可能亲自照顾孩子。

你很喜欢孩子。就算在餐厅或公共场合看到孩子大声哭闹,弄得身边的人手忙脚乱,你也从不曾皱过眉头,好像觉得连孩子的那副模样都可爱到不行,脸上充满微笑。看到这样的你,我都会不禁思忖,你都能如此疼爱别人的孩子了,又该会多么宝贝自己的孩子呢?你经常说,两位手足是你可靠的支柱，所以将来也要生三个孩子。

其实我一直有个难言之隐，就是我不打算生孩子。若你追问我原因，实在多到在这儿写不完，但最重要的是，我不想让生儿育女中断我的职业生涯。我的人生一路走到这里，感到非常疲惫，因为过去只顾着埋首苦读，几乎没有任何青春回忆。由于家庭经济状况不允许，我没办法上补习班或请家教，要想凭自身力量达成一切，除了投入更多的时间外别无他法。就算走在路上，我也会同时解数学题。至于大学生活，你也知道的，念书、打工和求职准备就已经忙得我晕头转向。光是全心投入准备公务员考试就足足耗费了两年，分配工作后则是经常性地加班、周末上班，我感觉自己像被拽着到处走。

直到如今，我才得以稍微回顾、计划自己的人生，凭自己的力量活下去，想做的事也不少。我无法放弃自己的人生，也没有生小孩的计划，再加上你会满怀期待地说什么"小姜贤南"或"海浪姜氏[1]第十二代孙"，但我既不是海

---

[1] 朝鲜半岛具有氏族概念，称为"本贯"，延续相同父系血缘的宗族，被视为朝鲜族人名的一部分，如庆州金氏、金海金氏等。本文中的"海浪"应为作者虚构的地名。

浪姜氏，也不想担起传宗接代的责任。

过去你总把生儿育女的人生说得太过理所当然，导致我无法说出这些话。因为你提出的问题并不是"你觉得生孩子好吗"，而是"你觉得生几个孩子好"；不是"你能带孩子吗"，而是"你能自己带小孩几年"。我经常用"还没想过这问题"来回避，你因此觉得我很没出息，质问我怎么可以活得这么漫无目的。但是，贤南哥，孩子又不是你一个人的，也不是你养，你有什么资格擅自制订这些计划呢？真正没出息的人不是我，是你。

你首次向我求婚时，我非常惊慌失措，我没想到你会像逢年过节时，叔叔见到久违的侄女般说出"你也该结婚了吧"来向我求婚。假如叔叔真的那样对我说，我肯定会感到无比厌恶。

你说："你知道的，那种捧着花束、屈膝下跪的浪漫把戏我做不到，我只说重点，我们结婚吧。"你好像以为自己很有男子气概，但那是你自我感觉良好，真正被求婚的我一点儿都不觉得开心。无论是求婚、建议还是请求，不是提出的一方自己高兴就好，而是接受的一方觉得开心满意，才可能会答应吧？

我也不期待什么华丽气派的求婚仪式，只是我讨厌你好像是委屈自己和我结婚、你已下定决心而我只要点头答应的那种语调，我也很讨厌仿佛被风浪吞噬般，还来不及思考就决定人生大事。

附带一提，我觉得也没必要把"浪漫"想成是恶心别扭到做不出来的行为吧？我们对情人节、白色情人节等节日嗤之以鼻，从来不曾计算或庆祝过交往几天或几年，虽然无法准确记得是从哪一天开始谈恋爱的，但只要有心还是可以庆祝的。明明可以用有趣一点儿的方式约会，表达对彼此的爱意，借这些机会享受一下，为什么我们就做不到呢？

尽管如此，我们还是经常骑自行车到处旅行，因为我们都喜欢骑自行车。东海岸自行车道很棒，春川天空自行车道也很棒，济州岛登山也很有趣。啊，还有蟾津江自行车道真的很美，在阳光照射下闪烁的河水、迎面拂来的微风和风的味道都让人记忆犹新。在罂粟花田小径时，我们运气很好，碰上花朵盛开的时节。那是我生平首次见到罂粟花，所以觉得好神奇，吃到的食物也都很美味可口。

除了自行车之旅，好像就没留下什么特别的记忆了，平时就只是很制式的约会——吃饭、看电影、喝啤酒、做爱。老实说，我也曾经有过你是不是为了做爱才跟我交往的想法，但如果要这样讲，你表现得也没有多好……

再加上你说要一起搬到釜山，结婚后要稳定生活。分配工作后必须南下的人是你，不是我吧？还有，结婚后到釜山，你不仅有工作也有家人，当然很稳定啦，对我来说却不是如此。"你也调换工作到釜山不就好了？"公务员不是自己想到哪个区域就能去的。说起来，明明只是一知半解，你却讲得斩钉截铁的情况还真是不少。

如今我才知道，你是基于调职的可能性很高，才要我当公务员的。真的很无语，你好像完全把我当成你人生的附属品了，但我也有自己的人生。顺带一提，我正在准备离职和上课，上课地点在首尔。至少在课程结束前会先住在首尔，之后再按我的想法决定要住的地方。

我原本打算，反正你讨厌的朋友只要偷偷联络、悄悄见面就好；在餐厅点餐时也是，反正你也从不问我的意见，总是按自己的意思，我也依你，同时努力告诉自己这些都不重要，你觉得好就好，尽量抛到脑后，但内心的某个角落已经产生怀疑。在社会上摸爬滚打，遇见各式各样的人，见识到更宽广的世界后，我才看清了自己的面貌——原来我的人生，一直遵循的都不是我自己的意志。

重新决定自己的职业生涯，准备转换跑道之余，我感到忧心忡忡。我该如何、该在何时告诉你？还是干脆继续隐瞒下去比较好？直到听你提起结婚的话题，我顿时清醒了。和你结婚之后，我们成为家人，共享所有时间与空间，倘若必须遵守法律上对彼此的义务与责任，我还能这样生活吗？还能继续躲躲藏藏、找理由搪塞过去吗？仔细想想真的很可怕，我好像做不到，不仅无法办到，也不想演变成那样。

我再说一次，我拒绝你的求婚，也不愿意再以"姜贤南的女人"活下去。你可能会以为是因为缺少了煞有介事的求婚仪式，我才却步不前，但并非如此。我都已经郑重否认过，真不懂你为何老是这样说。我想过我的人生，不想和你结婚。认真谈起结婚话题后，令我反感的一切都变得鲜明起来，包括过去你不尊重我是独立个体，以爱为名替我套上的桎梏和轻视，还有害我变成了既无能又小心眼儿的人。

你并没有照顾什么也不会的我，而是害我变成了什么都不会的人。你把一个人打造成笨蛋，随心所欲地指挥来去，觉得很开心吗？谢谢你向我求婚，只有如此才能一语惊醒我这个梦中人。姜贤南，你这个王八蛋！

作家笔记

打上惊叹号后,我盯着最后一个段落许久,开始担忧:假如姜贤南跟踪我怎么办?如果他偷拍了照片或影片怎么办?就连脑袋出现这种想法本身,都令我感到苦涩万分,因为在现实生活中,这种情况确实屡见不鲜,不是吗?

我经常思索有关"身为女人而活"这件事,经常对大家所说的无可奈何、没什么大不了、视为理所当然的事产生怀疑。尽管我不相信"大家从此过着幸福快乐的日子"的完美结局,但我也愿意相信,那种完美结局绝对不会只是天方夜谭。

你的和平

崔恩荣 최은영
ⓒChoi Eun Young

1984年生于京畿道光明市。2013年获《作家世界》新人奖,正式踏入文坛。曾获第5届青年作家奖、第8届青年作家奖、第8届许筠文学作家奖、第24届金俊成文学奖。著有短篇小说集《祥子的微笑》。

善英一言不发地坐在沙发上,不带半点儿妆容的脸庞没什么表情。今天是善英首次到未婚夫俊昊家做客的日子。

"要不要给你一点儿喝的?柳橙汁怎么样?"

俊昊开口询问,善英点点头。俊昊从冰箱里取出果汁,倒在杯子里,端到善英面前。

俊昊的姐姐宥真静静凝视着善英。

"放轻松。"宥真说。

"是啊,你什么都不必做,只要坐着吃好吃的,休息一下。"宥真的爸爸露出其特有的和善笑容。

善英啜饮一口果汁,将视线转移到厨房那边。俊昊的妈妈静顺正在厨房内忙碌地准备晚餐。

"那我来摆碗筷吧。"善英站起身说道。

"不用了，来者是客，你坐着就好。"听见宥真略为果断的语气，善英再次坐了回去。

"只剩一个月左右了吧？"宥真一边摆桌，一边询问俊昊。

"对啊。"

"要工作又要筹备婚礼，一定很忙吧？周末还要忙着发送喜帖，却这样唐突地叫你来……"宥真向善英说道。

"今天是伯父的大寿之日，当然要来道贺啦。"善英回答，"还有，大姐，您说话别这么见外。"

宥真看着善英尴尬地从座位起身，露出为难的表情。

自从奶奶过世后，爸爸的生日总是在外面餐厅庆祝。主要是爸爸想吃外食，因为每天吃家里做的饭已经吃到怕了。原本以为今年也会顺理成章地去吃猪排和生鱼片，没想到静顺很坚持要在家里吃饭。邀请善英来的人也是静顺。

宥真的家人是在一个月前初次见到善英的，是在俊昊与善英双方家长见面的场合。

相见礼在一家历史悠久的中国餐厅举办。在墙面裱糊米色壁纸的方形房间内，可以透过偌大的窗户饱览南山的景致，天花板的灯饰隐约照亮了整个房间。尽管包厢有些历史，但并不遵循时下流行，也重新装潢过，看起来很干净。

"打从善英父亲出生前，我们就经常来这儿。"善英的爷爷说道。他竭力挤出笑容，脸上流露出担心会惹男方家人不高兴的恐惧。他的太太——善英的奶奶也露出相同的表情，两人连一个细微的表情、一句话都经过小心拣选。

坐在旁边的善英则态度沉稳、理直气平，不为了要讨对方欢心而勉强卖笑，有话想说时，也会有条不紊地表达自己的意思。

穿着灰色套装的善英将中短长度的头发系在后方，戴着一副眼镜，只上了点儿淡妆，身上没有佩戴任何饰品。宥真可以猜到为什么俊昊会被善英吸引，甚至下定决心要走到结婚这一步。善英看起来是个端正耿直的人。

"虽然我们悉心养育善英，不过孩子在没有父母的情况下长大，尚有很多不足之处。你们非但没有挑剔这项缺陷，还宽宏大量地接纳她，真是太……"善英的爷爷垂下头，一时说不出话来，"我们善英，就拜托你们了。"

在爷爷说这番话时，善英的表情一直很僵硬。

"这哪是什么缺陷呢！我们才要感谢您给了我们一位如此美丽动人又聪明伶俐的媳妇呢，过去您一定很辛苦吧？"宥真的爸爸笑着说，高粱酒下肚后的脸变得红通通的。

在善英的爷爷、奶奶如此低声下气的同时，静顺一句话也没说，虽然滴酒未沾，但脸蛋却起了红晕，视线则落在盘子上。几句寒暄之后，她便一直沉默不语，静静用餐。坐在对面的善英并未将这份沉默放在心上，若无其事地和宥真及宥真的爸爸对话。

静顺首次开口，是在谈到有关婚礼规模的话题时。双方举办相见礼之前，就已经决定好要举办双方各邀请五十名宾客的小型婚礼。

善英正在讲有关婚礼餐厅的事，静顺打断了她："再怎么说，两家都是第一次有子女结婚，比照其他人的方式办理比较好吧？光是我们一家的亲戚就有四十位了，不邀请他们也很失礼。"

"你老实待着，这是两个孩子要结婚，又不是你要结婚。"宥真的爸爸轻声斥责。

宥真看着善英面无表情地望向静顺。

"可是……"

"你也真是的！"

善英爷爷观察静顺的表情，说："亲家母如果另有打算……"

"不要紧，您不必在意她说的话。"宥真爸爸说。

看着善英爷爷自掏腰包结清餐费，静顺却连一句"谢谢"也没说，径自走出中国餐厅，仿佛自己拥有这点儿权利似的。

善英与家人离开后，宥真坐上俊昊车子的副驾驶座，父母则坐在后方，有好长一段时间四个人都没有说话。

直到经过南大门时，爸爸才率先开口："这孩子很精明干练，也很有礼貌呢，家里教得很好。"

"她是个聪明的女孩，大学是第二名进去的，毕业时是第一名，她不仅勤奋向上，心地也很善良。"俊昊说，"是我运气好啊，想来想去还是这么觉得。"

"你真的只要两只脚走进去就好了，善英有自己的公寓，家具也一应俱全，你这是哪来的福气啊？"宥真说。

这番话虽是向着俊昊说，实际上却是说给静顺听的。她透过后照镜看到静顺合上双眼，将头倚靠在车窗上，抿得紧紧的两片薄唇看起来很讨人厌。

"你真的要好好对待善英。"宥真说。

"这是给伯父的生日礼物。"宥真看着善英将一个百货公司购物袋递给即将成为公公的爸爸,"一点儿小意思。"

爸爸撕开包装纸,打开盒子,里面是一套适合春秋季节的高尔夫球装。

"以后别再买这么贵重的东西了,这应该花了不少钱。"尽管他嘴上这么说,欣喜之情却溢于言表。

"怎么样,适合我吗?谢谢,果然媳妇要比子女强多啦。"

宥真看向俊昊,他正望着爸爸喜滋滋的模样,仿佛比收到礼物的当事人还高兴。

善英是俊昊第一次介绍给家人认识的女朋友。

"我怎么想,还是觉得不满意。"听到俊昊有女朋友后,静顺打电话向宥真诉苦,"小区的其他太太们说啊,儿子的女朋友都等到要结婚了才登门拜访。俊昊也是,打从跟她交往后就很难见上一面,整个魂都被那女孩勾走了。"

"我现在正在上班,别在我上班时间打电话来。"

"不找你讲，我还能跟谁说啊？"

"先这样。"

把手机设定成静音后，静顺依然不停地打电话来，宥真虽然看到有未接来电，但也没有回电给母亲。

"我就只有你了。"这是宥真多年来不断听到的话。

打从五岁有记忆，约莫从六岁开始，宥真就对静顺产生了一份责任感。每当她睡午觉醒来，就会看到年轻的静顺凝望着自己。有时是刚哭完，眼睛还红肿着；有时是当下正在哭泣。但最让人害怕的，莫过于静顺皱着一张脸静静地看着自己。宥真心想，要是妈妈一时起了邪念，可能会杀了自己。

为了让静顺高兴，宥真用尽各种办法。她将在学校发生的事添油加醋，把它说得趣味横生；或者找出静顺的笑点，做出类似的行为举止。当静顺的脸上浮现笑容，宥真的心中便有一股凉丝丝的安心感。

不知从何时起，静顺开始把宥真当成发泄情绪的垃圾桶。宥真很爱自己的母亲，所以对她的痛苦总感到心如刀割。宥真从静顺口中听说奶奶会在四下无人时说哪些话，而爸爸又是如何把静顺当成隐形人对待；还有与爸爸结婚带给了她什么痛苦。

"你是个心思细腻的孩子。"静顺说。她的话乍听之下没错，因为宥真自小便在内心挖凿了一个很深的洞，将无法向他人诉说的言语全都埋藏起来。

我还能向谁说呢？

还有谁会听我说话？

静顺如此说道。儿时仿佛肯定自身存在的那句话，随着时间流逝，成了勒紧宥真的枷锁，即便弟弟出生后仍是如此。静顺不会在儿子面前细数那些折磨自己的痛苦，因为她认为不能给儿子添麻烦。

"我认为你母亲是个知情达理的人，"爸爸说，"一辈子服侍婆婆，从未起过冲突，又是先生的贤内助，也把儿女教导得很好。"

"怎么样叫知情达理？"宥真问。

"不会把自己放在第一位，还有肯为家人牺牲，我认为这是优点。"

"妈并不幸福。"

"依你的标准来看肯定如此，你是用自己的标准来判断沿袭下来的传统。"

"我说，妈并不觉得幸福。"

"但你不是因此过得很好吗？有妈妈在家里替你做饭，让你过得舒适自在，不是吗？"

"……"

"你不会了解的，回到没有妈妈的家是何种滋味，生长在必须靠双薪才能勉强生活的家又是什么感觉。我不想把那种经验传承给我的孩子。"

他口中"知情达理的太太""知情达理的母亲"究竟是什么意思？再三隐忍，对男人的所作所为不加以评论，让男人与孩子过得安稳舒适，忽视自身欲求去满足他人，因为没有主见或主张薄弱，所以无法和他人起冲突的人……每当他的口中说出"知情达理"这个字眼儿，宥真都会心生排斥。

过了晚上九点，静顺又打来。

"再怎么说，女方连条棉被都没带来，这像话吗？"静顺说。

俊昊虽然在工作，仍没存到什么钱，但举办这场婚礼，俊昊只要两袖清风地走进善英家中就行了。善英所继承的二十四坪[1]公寓内家具和用品一应俱全，可是静顺仍认为女方省略礼单和礼物[2]是对自己的无礼行径。

"妈，你知道现在自己讲的话有多不可理喻吗？"

"可是……"

"妈，你再这样的话，我要生气了。"

"这根本就是不把我放在眼里啊！婚礼也选在过节前举办，说过节时要去蜜月旅行。好不容易娶媳妇进门了，过节时却只有我一个人干活儿，也不能靠媳妇享享清福，这件事说出来会被大家骂的。"

宥真凝视着自己映照在车窗上的脸孔，不仅浮妆得很严重，而且整个人看起来蓬头垢面。她将手机贴在耳朵上，一心等待静顺说完话的那一刻。这是漫长难熬的一天。年纪越往三十岁中段攀升，体力就越每况愈下，过去能靠意志力撑下来的事，现在却经常力不从心，不管再怎么辛苦也哭不出来，四肢动不动就僵硬发麻。

宥真想对静顺说，她也有自己的人生，有自己必须面

---

[1] 一坪约为三平方米。

[2] 根据韩国传统婚礼习俗，男女须分别送礼给对方，女方准备给男方的称为"礼单（예단）"，男方替女方准备的称为"礼物（예물）"。

对的困难，妈怎能如此独断专行？

"女人读到博士有什么用？都去留过学的人，怎么可能守身如玉……"

宥真挂断电话，用手掌心包覆住脸颊。

"那里头不知道还有几个是处女。"每当电视上有女艺人出现时，静顺就会说这种话。明明在和丈夫有初次亲密关系前，在性方面极为无知，她却十分扬扬自得。"要是都给了男人，男人会变心的""男人跟女人不一样，没办法控制自己的性欲"，年轻时的宥真将那些话听在耳里，觉得拥有性欲的自己宛如怪物。

宥真还记得在她二十岁那年，中年女演员们在电视节目《清晨庭院》中所说的话。她们将有过同居经验的女人比喻为"别人吃完后丢弃的甜瓜""穿过后丢弃的袜子"。比起那些话，真正带给宥真伤害的是当时妈妈面露微笑、对着电视频频点头称是的模样。

妈，我不是什么甜瓜，也不是袜子，我是个活生生的人，宥真暗自想道。

她在二十八岁时搬出家里，现在居住的三十年老公寓是她在三十三岁时以半全租[1]的方式迁入的,搭地铁到公司要四十分钟,到父母家则要花上一个半小时左右。自从和妈妈分隔两地居住,宥真才彻底向慢性偏头痛告别,频繁出现的急性消化不良也没了,只要手轻轻一碰,胸口像瘀青般疼痛欲裂的症状也消失得无影无踪。

为了摆脱妈妈,宥真必须尽全力变得冷酷无情。她还记得,静顺看着自己和装载行李的卡车一同离开时的瘦削身影。尽管她不断安抚自己,子女长大、离开父母是天经地义之事,内心仍不免陷入抛弃母亲的罪恶感中。

独立自主后,随着时间的流逝,宥真得以退一步观看静顺。没过多久,她对静顺所怀有的罪恶感便转为愤怒。对于妈妈把沉重的包袱压在孩子瘦小羸弱的肩膀上,还有将妈妈逼至穷途末路的家人,宥真感到无比的愤怒。

"请许个愿吧。"俊昊说。

---

1 半全租介于全租与月租之间,保证金较全租低,仍须支付月租。

爸爸将蛋糕上的蜡烛吹熄。

祝您生日快乐，祝您生日快乐。

每次到了爸爸的生日，宥真就感到有气无力。尽管她不会在大家面前表现出来，但她的心欺骗不了自己，一个劲儿地往下沉。奶奶还没离世时，爸爸生日当天都会举办家族聚餐。露出欣慰表情的奶奶、叔叔、姑姑们。他们的另一半与子女齐聚一堂，一同庆祝家族长孙的生日。

奶奶过世后，聚会也悄悄地无声无息了。

宥真的爷爷是名孝子，他将自己的太太视为家庭和自己母亲的私家奴婢，而爸爸就在这样的父亲身边长大。对爸爸来说，自己的母亲是世界上最需要怜悯的人，他希望能找一个可以补偿母亲的女人——一个代替母亲扛起所有包袱、接下家中所有粗活儿的女人；一个陪没有半个朋友的母亲说话的伴儿，还要一大早就起床准备没有人记得的母亲寿宴；一个能生下白白胖胖的孙子、教子有方的女人。爸爸是名领取高年薪的飞行员，他有资格得到那样的女人。

爸爸到航空公司任职前，和朋友的妹妹静顺结为连理，婚后将住在老家的寡母接到新婚的家中。他的角色就是每个月恪尽职守地赚钱回家，提供一个稳定的家，但对于自己应该成为什么样的丈夫,面对太太应该扮演何种角色却丝毫不感兴趣。这样的人是宥真的爸爸、静顺的丈夫。

静顺娘家的父亲在她出生一年后便过世了,母亲凭一己之力管理和丈夫一同经营的布行,忙得不可开交。静顺自小就必须独自回到空荡荡的家中,负责清扫、洗衣服和准备哥哥的饭菜。静顺觉得独力抚养自己的母亲很可怜,为了报答这份恩情而担负起这些责任。但在宥真看来,静顺付出一切努力协助外婆,是为了乞求母亲的爱。

为了让母亲开心,静顺与哥哥的一位当飞行员的朋友结婚。打从一开始她就不相信建立在婚姻之上的浪漫爱情神话,她只是盘算着越年轻才越容易遇见条件好的男人,经过几次相亲后,她遇见了最无可挑剔的男人。

她想成为母亲在布行工作时最欣羡的贵夫人,满心以为母亲的愿望——期待她不必吃任何苦头,只要靠丈夫按时赚回来的钱养孩子,衣食无虞地生活——将成为自己往后的人生。

与婆婆同住后,静顺随即明白一件事,这家中的夫妻不是自己与丈夫,而是丈夫与婆婆。在丈夫与婆婆的关系中,没有自己的立足之地。丈夫将所有薪水交给婆婆,婆婆则会给她生活费，并要求她每月记录家庭收支。要是静顺买了自己的贴身衣物，婆婆就会斥责她奢侈浪费，质问她是否就是为了买这些东西，才让自家儿子如此辛苦。哪怕是一张百元钞票，也不能带回娘家。每逢过节或娘家母亲生日时，也禁止她回娘家。尽管生活费少得可怜，但餐桌上必须有丈夫要吃的肉类。久而久之，静顺变成了锱铢必较的人。

听其他飞行员的太太抱怨丈夫不常回家而感到孤单，静顺很讶异。在焦头烂额地忙着料理家务、养儿育女之余，她静静思索起"孤单"这个词语。究竟什么是孤单呢？她照顾着彻夜无法入睡、敏感得哭个不停的孩子，边盯着墙面边喂孩子奶水时暗自思忖。每到这时候，她才惊觉自己因太过习惯孤单，将其视为理所当然，所以就连孤单为何物都无法理解，难以名状的泪水顿时覆满脸庞。唯有懂得何谓"不孤单"，才能退后一步看待"孤单"，但这对她而言有如天方夜谭。

"你是我唯一的朋友。"静顺经常如此对宥真说，"真是幸好有个女儿。"

一直都是宥真。当奶奶对静顺口出恶言，将她当成出气筒，怒气冲冲挺身反抗奶奶，还因此被爸爸甩了一巴掌的人；和静顺一块准备祭祀的供桌，端送食物和酒给那些无礼的亲戚的人；带手腕和手臂韧带断掉的静顺去整形外科，说服晚上睡不好觉的静顺，陪她到精神科的人；当静顺没来由地神经质，说出击溃他人自尊心的恶毒话语时默默承受的人，全部都是宥真。

在她看来，静顺已经被大家所说的话洗脑，包括婆婆说她嫁给身为飞行员的丈夫可真好命，还有娘家的母亲说哪里去找有能力、不会打女人又不会在外拈花惹草的男人的那些话。无论自己的丈夫或婆婆对待静顺有多不合理，她都无法与之正面顶撞。只要宥真代替她出面，静顺就会显得惊慌失措，还反过来训斥宥真。

"奶奶说的话从来不会错。"静顺经常这么说。

如今她已无力应付静顺。婆婆过世、丈夫退休后，静顺过往未能消除的情绪有如雪球般越滚越大，她用瘦削凹陷的双眼看待世界，就连面对芝麻小事也能大动肝火，总是以尖酸刻薄的口吻责难其他女人。

对这样的静顺而言，唯一的救赎即是与儿子共度的时光。要是俊昊能抽空陪她去一趟百货公司，她就会眼神散发光彩地勾着俊昊的手臂，笑得合不拢嘴。在静顺担心孩子怎么老是往外跑时，俊昊已经遇见了善英，两人开始约会了。知道俊昊在谈恋爱后，静顺每次都会打电话给宥真抱怨。

养孩子一点儿用也没有。

真伤我这个做妈的心。

"你坐着就好。"宥真对走到厨房的善英说。

"让我端个东西吧，这样我会比较自在。"善英说。你知道我的意思。善英用眼神向宥真示意。

"是啊，那把这餐桌上的东西摆到大桌子上，还有，看到那置物架上的杯子了吧？先倒杯水给爸爸。"静顺补充，"就算是一杯水也别冒冒失失地拿过去，记得要放在托盘上。"

"妈，你别叫善英做事。善英啊，你过来这边坐着。"俊昊说。

"不是她说要做吗？"

善英将放在餐桌上的食物放到托盘上，端到客厅，逐一将牛肉海带汤、炖排骨、杂菜、放了鸡肉的春卷、炒血肠、泡菜摆到大桌子上。

"好，大家开动吧。"宥真的爸爸说。

"妈，我不是说善英不能吃肉吗？全部都有肉的话，她要吃什么？"俊昊说，"我今天早上不是还特别打电话提这件事吗？"

"没关系，还有杂菜可吃……"善英说着，耳根也逐渐发红。

"你等等，我去煎蛋，拿紫菜过来，你可以吃鸡蛋吧？"俊昊说。

"你坐下。"静顺说。

"第一次招待你来家里却没有能吃的东西，这下该怎么办……"宥真爸爸吞吞吐吐地说。

善英白皙的脸上仿佛被人掴了一掌，泛起红色的印痕。

宥真也碰过这种状况。她到他家做客，却只能局促不安地坐着。他在父母生日那天邀请宥真,并说自家人是"感情和睦的家庭",同时补充,家里没有一个人是坏人。

他和父母及姐姐同住在一个狭小的公寓里,那个家只有一个小房间和一个客厅,他独自使用小房间,剩下的家人则在客厅进行一切生活起居。

宥真从二十岁开始和他谈恋爱,二十三岁开始进出他家,直到过了二十四岁才提起结婚的话题。当时他三十而立,觉得一切都很理所当然,毕竟男人已届适婚年龄,两人又爱情长跑多年。尽管如此,每次到他家拜访完后,她在回家路上总觉得疲惫乏力,就像是自己身上的一部分被硬生生地削掉。

在那个家中,宥真的未来依据他与他的家人而有不同的设计蓝图。尽管宥真上过大学,也上过女性学课程,她仍不由自主地在他家人面前表现出能替自己加分的言行举止。她很努力想做到。也许是为了避免与他起冲突,让两人可以继续走下去吧。宥真可以理解他说想带"自己的女人"到父母面前、获得他们肯定的渴望,她真正无法理解,乃至于不愿回首的,是当时的自己。与他分手时,宥真二十六岁,他三十有二。宥真离开了他,原因很简单。

她讨厌他。

宥真回想，也许早在很久以前自己就讨厌他了。但他一厢情愿地认为，正因为自己是个贫穷的男人，宥真才会狠心离开他，并且质问她是否终究无法与阶级比自己低的人结婚。听到这番话时，宥真稍微理解了为何自己先前无法离开他，这就像富有的女人毁了与贫困男人的婚约，她不想成为电视剧中的坏女人。

想拥有更多的女人、贪得无厌的女人，她努力避免成为那种女人。一直以来，她学到施比受更有福，努力避免自己成为向男人要求什么的庸俗之人。他却始终认为，就连这种努力本身都是中产阶级的一种虚伪意识。

两人的关系开始出现裂痕时，他再度提起那时的事情。

"那一年在农村体验活动时，你……"

他一定知道，那个回忆会令宥真感到良心不安，因为她长久以来都是如此，因为她一直都是按照他说的话、他的信念去相信。他再度提起那个话题，宥真的心就在那一刻离开了他。

"继续说吧，二十岁的我在那一年的农村体验活动中经历了什么，你按照事实说说看。"

他的脸上露出一抹轻蔑的嘲笑:"那是你那个阶级的局限性吧?"

宥真在心里整理好两人的关系,在晚上回家的路上,脑海中浮现出当年不愿站同一阵线的他,与不知所措又孤单的自己。

那是她第一次来到农村,打从太阳尚未升起就到田里集合,直到正午之前都片刻不停歇地工作。宥真看到农夫们没有半句怨言,默默做着农活儿,心底同时萌生出敬畏与罪恶感。她对自己从小生长在中产阶级家庭,从不曾做过一件粗活儿的阶级特权感到羞愧,也为自己一直以来活在安逸中,对农民的人生袖手旁观而感到痛心。

宥真很认真地参加农村体验活动。晚餐时间,她在活动中心前和社团朋友们及村民一起喝烧酒和小米酒。准备酒席是农村女人负责的工作,宥真与其他女同学一块儿帮忙,男同学们则和酒席上的男人们谈笑风生。

"你的皮肤怎么这么白皙呢?真漂亮。"村子里的阿姨们不断向宥真表示感谢,其中有许多心地温暖的人,温柔得令她想哭。在短短的时间内,宥真感觉自己和村民们变得好亲近。

可是，中间发生了不太寻常的插曲，像是自己被称呼为"小姐"的时候，还有听到"和年轻的女学生在一起，感觉酒更好喝啦"的时候。

现场有一名接近四十岁、沉默寡言的男人，属于村子里最年轻的一辈，他满脸通红，一头短发已经长过了该修剪的长度。

村子里的男人经常打趣地询问社团的女孩："觉得那个小伙子怎么样？"起初虽然一笑置之，但有几名男人持续说着这个老掉牙的话题。大家围成一圈喝酒时，那个男人目不转睛地看着宥真。

"他大概是喜欢小姐你吧。"宥真还记得当时大家听到这句玩笑话后哈哈大笑的场面。

她觉得很不舒服，却不能将情绪显露出来，因为她认为在这个学生与农民携手合作的场合不该涉及个人情感。她也不想表现出不悦，以免那个男人及他所代表的村民有遭人轻视的感觉。

农村体验活动结束的前一晚，发生了那件事。

社团内部针对这件事讨论它是否该归类为性骚扰，就连没有参与农村体验活动的他也在那个场合。会议变得很漫长，当时超过半数以上是男同学，他们将该事件界定为"轻微的性骚扰"，并决定从下次农村体验活动开始要进行反性骚扰教育。

因为当时没有目击证人，宥真只能反复讲述那一刻发生的事。看到社团成员个个儿掩饰不住"就为了这种事而折腾"的表情，宥真的心受伤了好多次。

"是不是太大惊小怪了啊？这点儿事睁一只眼、闭一只眼就好啦。"耳闻几名学长在自己背后说了那种话，虽然宥真很受伤，却依然认为也许他们说的是对的，她一直认为是自己搞砸了大家费心准备的农村体验活动。

起初听到消息时，他对宥真发了一顿脾气，质问她为什么在大半夜独自跑到没人的地方。发完脾气后，他又责怪自己没有参加体验活动，才会让这种事发生。

于是宥真退出了社团。

学期快结束时，两人不知为何聊起农村体验活动，酩酊大醉的他说道："老实说……你是不是因为那个男人是个贫穷的农民，所以才更不爽？觉得那个男人侵犯到你的阶级领域？这就是你这种中产阶级的局限性吧？正因如此，你才会最先看到那种微不足道的小事，而不是农民的现实处境。"

"微不足道?"

"大家都相处得很好,要向农民学习之处何其多,你却只想到自己的心情。你要知道,比起那些人,你站在多么有利的立场上,不是每个人都能像你一样读这么多书。"

隔天,他为自己说话过重向宥真道歉。她接受了他的道歉,两人仍维持男女朋友的关系,可是后来他重提了好几次农村体验活动的事。宥真也是从他口中听到有人说她引起了纷争。他总是惯性地数落宥真既敏感又缺乏社交能力,令人担心。

他怎么确信我是这种人呢?宥真心想。他是想用自己的语言试图说明我的所感所想吗?他怎能那么肯定,怎能如此自信满满地说我很容易被看穿?

直到年届三十岁中段的现在,她依然无法理解他拥有的那份自信。

他们俩曾经一起到大学路的爵士酒吧听音乐,点了两杯对学生来说显得昂贵的鸡尾酒。有几名中年女人在他们后面说说笑笑。

"那就叫作有闲情逸致的夫人吗?"他回头看,以轻蔑的口吻说道,仿佛自己有权那样称呼某人般。

他总强调自己是劳动阶级出身,却从不曾偿还向宥真借的钱,还理所当然地让她负担大部分的约会费用。这样的他、身为激进左派的他,居然说出这句话。

我是怎么忍受他的?

每当回首已逾十年的过往,宥真都能体会到,漠视自己的真心让她付出多大的代价。她回想着自己年轻时听到朋友们说"你们这对好像交往得很顺利"时感到安心的表情,以及那些想着"这样应该算是很好吧?这样应该算是很顺利吧"时一再自我欺骗的时光。当其他人遭受不合理待遇时,宥真就会义愤填膺地加以反抗,但当自己遭受不合理待遇时,宥真却竭力不去正视它。

直到过了多年以后,她才承认了自己的卑劣。

吃完饭后,宥真削了苹果,善英则以不安的表情看着她的一举一动。

"请给我吧,我来削。"善英说。

"这就不必了,吃完后,你和我一起洗碗吧。"静顺说。

"妈,"宥真说,"我来就好,善英是客人。"

"我可以做的。"善英说。

"她不是说她能做吗?"静顺话音方落,随即从厨房拿了橡皮手套和围裙过来。

"妈,"俊昊抢走静顺手上的东西,"我去善英家时,奶奶替我准备了一大堆我喜欢吃的食物,你别这样对善英。"

"那你以为我就天生喜欢做事吗?"静顺歇斯底里地从俊昊手中抢回橡皮手套。

"你这人今天是怎么回事?媳妇都要被你吓坏了。所以我才说要在外面吃啊,还不都是你坚持说要在家里吃,如果在外面吃的话多好。"爸爸说道。

静顺走向厨房,打开水槽的水龙头。

"我来做,妈,你休息一下。"宥真说。

静顺戴上橡皮手套,开始清洗碗盘。

"怎么不多待一会儿再走?"爸爸朝起身的善英说。

"因为工作的关系,善英今天清晨五点就起床了,她也该补一下睡眠了。"俊昊说。

"祝您生日快乐,那么我先告辞了。"

善英分别向静顺和爸爸道别,走出门外,家中只剩下宥真、静顺和爸爸三人。爸爸打开电视,听记者兼节目主持人孙石熙的新闻评论。

宥真站在静顺身旁,冲洗她用洗洁精刷洗好的碗盘,同时察觉到自己本能地在观察静顺的心情。

"她都要成为我媳妇了,我连这点儿权力都没有吗?"洗完碗盘后,静顺一面擦拭洗水槽的水渍,一面嘟囔,"我把我的婆婆当成真正的母亲看待,服从婆婆的意思,也很敬重她,那个孩子却……却……"

"所以奶奶是如何对待妈的?奶奶不是对妈很刻薄、很不公平吗?为什么要忽视这件事?现在妈是在对谁生气?真的是对善英吗?"

"大家都不把我放在眼里,现在就连要成为我媳妇的人都小看我,好像让她的手沾到一滴水是什么滔天大罪。那我呢?我为什么要这样过活?我是从家徒四壁的人家嫁过来做事的吗?"

静顺的眼眶噙满泪水。她总想替自己的行为赋予意义,无论再怎么辛苦,她都认为自己的行为正确且高贵,并倚靠这种想法支撑下来。宥真也深知这点,没有人强迫妈,一切都是妈的自由意志，妈是靠自身信念坚持下来的。那样的母亲，此时却把自己的人生称为"这种人生"。

"你别用奶奶曾经对待你的方式来对待善英。妈，这是错的，任何人都没有折磨他人的资格。"

"你觉得你有资格教我吗？"

"妈……"

宥真盯着静顺那张单薄、槁灰色的嘴唇，听见她说出让人血液直冲脑门儿的话。

"我们可是接纳了无父无母的孩子。"

"如果妈用这种方式待人，最后不会有人愿意留在妈身边。有这种丑陋想法的人，没人会想看到你的脸，也不会想和你说话。我走了。"

宥真用厨房的毛巾擦拭湿漉漉的双手，走到客厅沙发边，拿起背包。

"不是说要过一夜再回去吗？"宥真的爸爸问道，"你就别再跟妈妈吵架了，洗碗又不是什么累人的事，女人就喜欢拿这事来暗自较劲，彼此要互相礼让，这样家庭才会和平。"

"啊……和平……"

宥真穿上皮鞋,走出家门。

宥真九岁时,静顺曾提着菜篮晕倒在自家玄关门前。妈妈蹲坐在鞋柜前,接着突然往后倒下的模样,宥真至今仍记忆犹新。救护车来了,将妈妈载走了。大人们在生日蛋糕上点亮蜡烛,和睦的一家人围在生日蛋糕旁,发出嘻嘻哈哈的欢笑声,宥真不敢哭出声,只能全身僵硬地坐在那里。

宥真听说,静顺有一边的肺部积满了水。

她还记得妈妈出院后,每次仍要服下一大把药物,也记得在腌泡菜那天,瘦了好多的妈妈仍背着俊昊,搬运一盆又一盆盐渍白菜。宥真想替妈妈分担一点儿辛劳,于是站到一大沓报纸上帮忙洗碗。

妈还记得吗?宥真在心底悄悄地问。妈晕倒的那天是爸的生日,爸在庆祝生日,那么当时带妈去医院的人是谁?她并没有问,因为她想相信是爸爸跟着妈妈一起搭上了救护车,因为她想相信,人不可能如此残忍。她想要说服自己，对爸而言，妈并非什么都不是。

经过公寓前的广场时，有人从后头追了上来。

"宥真啊。"是静顺的声音，宥真转过头，看到静顺的头发蓬乱，下方的脸庞瘦削干瘪，"今天是爸爸生日，你怎么可以就这样走了呢？快回去跟爸爸说声对不起。"

静顺用长满硬茧的手抓住宥真的手臂，宥真拉开静顺的手。

"妈根本不当一回事……就算我说了那种话，妈也不痛不痒，一点儿也不重视我的心情，妈总是这样。"

"宥真啊……"

"现在该放开我了，还有俊昊。如今妈也该抛下想折磨他人的心，去寻找自己热爱的事了。"

"我……我……"静顺的表情比任何时候都悲伤。宥真虽然知道静顺想听到什么回答，但她并没有说出来。

"我走了。"宥真转过身，朝前方走去。

"你从来都没经历过我的人生。"静顺用勉强能耳闻的细微声音说道，宥真并没有回头。

宥真知道后续会怎么发展。静顺会忘记今天发生的事，忘掉自己和宥真一来一往的对话。宥真会宽恕那样的静顺，一如往常地接听静顺打来的电话，久久地和静顺面对面吃一次饭。可是宥真再也忘不了今天静顺的言行举止，因为即便原谅了，内心仍会存有疙瘩。虽然彼此会持续见面，却再也无法缩短今天所造成的距离。那距离带给宥真某种遗憾，虽然也给了她自由，但迟早也会带给她同等的悲伤。宥真接受了这个事实，接受了任何爱与后悔都无法补偿那份悲伤的事实。可是此时此刻的宥真，只想尽全力远离这再熟悉不过、反复的情节，只想一个人静静待着。

　　宥真加快了步伐。

作家笔记

"父权制是爱情的反义词。"我经常会思索美国女权主义者贝尔·胡克斯（Bell Hooks）的这句话。

越是服从父权制，越会失去爱他人及从他人身上获得爱的力量。父权制的权威意识、将女性视为男性所有物的思维、试图夺走女性思考与自由的行为，终究不会为任何人带来幸福。父权制宛如是将温暖柔软的心脏打造成坚硬石头的剧毒，失去爱的人会变成何种模样？他会变成一名活死人，终究无法成为美好的存在。

我不想成为那样的人。

有人认为，女性主义会引起男女之间不必要的冲突，是一种反对爱的意识形态，但这种想法是错的。我认为女性主义才是追求爱的一种战斗，是扼杀爱的父权制的解药。要求单方面地屈从或用无数方法毁损人类的尊严，无法解放任何人。没有什么痛苦是身为媳妇、妻子、母亲、女儿的你理当接受的，女人也没有就该受到欺侮的道理。

赋予彼此自由，借此自我解放的爱。我梦想能有实现这种爱的世界，梦想有一个不必再流下无谓泪水的世界。

更年

金异说 김이설
ⓒKim Yi Seol

1975年生于忠清南道礼山郡，2006年以短篇小说《13岁》入选首尔新闻新春文艺，正式踏入文坛。曾获第1届黄顺元新进文学奖、第3届青年作家奖。著有短篇小说集《没人说的事》《如今日静谧》；长篇小说《恶血》《欢迎》《善花》。

大家都知道阴毛也会长出白毛吗？我张开双腿，低头凝视阴部，不自觉发出一声叹息。目睹无法否认的老化并不是什么太愉快的事，如果是头上长出白发，至少还会觉得稀松平常。打从许久之前，即便涂上厚厚的一层保湿霜，也无法隐藏松松垮垮的皮肤；即使睡着的时间越来越早，凌晨时分却睡不着觉；就算经常忘记别人的名字，听到眼科医师说我得了老花眼，甚至经血逐渐减少，我也只是觉得时候到了，但黑色体毛之间冒出一根根白色的阴毛就另当别论了。很奇怪，我有种被侮辱的感觉。我拿着小镊子，见一根拔一根。虽然绝对不会被谁撞见，但我自己难以忍受。

　　大家都把话说得很简单，是因为更年期到了才这样。这个理由可以解释所有的事。消化不好、月经症候群加剧、尿憋不住的症状都是因为更年期；对芝麻小事会无法克制地易怒，对不足为奇的情况大惊小怪也是基于相同原因。真不晓得为什么，在提到自己嫌每件事都麻烦，什么事都不想做时，我也会听到相同的回答。再不然，别人就会问，是不是大姨妈来了？更年期宛如什么仙丹灵药似的，时时刻刻都能听到。这就像是在说"你就这样认命地活下去吧"，所以最后我也紧紧闭上嘴巴，不愿再多说了。

  凌晨时分，我独自眼神呆滞地坐在沙发上的次数与日俱增，这也是因为更年期吗？那暴饮暴食与头痛呢？老是受风寒、没来由地冒冷汗、胸口疼痛和腹泻，是因为生理期到了还是更年期症状呢？虽然这些事都发生在我身上，我却半点儿头绪也没有。

  每天上午所有家人出门后，家里就会乱得不像话。小菜密封罐的盖子还敞开着放在餐桌上，毛巾和内衣裤凌乱地散落在浴室前，衣物溢出到洗衣篮外，每个插座上都是缠绕在一起的充电器，以及沙发上随意翻开的书籍，处处都令人眼花缭乱。不管是收纳柜还是鞋柜，没有一个柜子的门扇是关好的。我捡起弄湿的毛巾，擦拭浴室前的一摊水，接着索性狠狠扔到一旁。浴室的角落又发霉了，肥皂滚落到地板上,丈夫大清早就说要把白发染黑,结果染发剂溅得浴缸和瓷砖、地板上到处都是,洗脸盆上还有刮胡粉和一坨牙膏。看着眼前的一切,内心顿时涌上一阵烦躁。"梳洗完毕后好歹擦拭一下"这句话,我已经说了十七年。对十五岁的儿子说了十五年,对十二岁的女儿说了十二年,但从来没有一天有所改变。

我曾经认为这理应是我的职责,因为他们在公司工作、在学校念书,孩子年纪还小,所以家务事是身为家庭主妇的责任。尽管我相信,把我的时间花在结束一天工作、回到家中的家人身上即是我这个人的价值,但根本于事无补。所谓的家务事,是做了看不出来,但不做又很容易一眼看穿。公司好歹会给月薪,孩子至少会拿成绩单回来,那我呢?没有人会理解我。我什么事都不想碰,这种时候干脆再度钻回棉被里,才是上上之策。

枕头上有丈夫的味道。我将枕头翻面使用,将棉被盖到头顶上,接着缓缓地爱抚下腹与大腿内侧,一只手按摩胸部,另一只手则轻轻地搓揉下体。我习惯性地回想起许久前的记忆,像是与大学学长终究没发展成恋爱的一夜春宵;二等兵男友在入伍百日之后出来休假,我们在华川的旅馆房间尽情探索彼此的身体长达十二小时；带着抚平悲伤的心情，与曾经论及婚嫁，最后却决定分手的爱人最后一次做爱的那些回忆。我稍微加快了手的动作，呼吸变得急促，接着在某一刻，脑海呈现一片空白。为了让那一刻停留更久，我以更加细腻而温柔的手法抚摸身体。

　　与丈夫的鱼水之欢有很大成分仅是例行公事，主要发生在周六晚上或周日凌晨，兴奋感或刺激感老早就消失了。就像一天要吃三餐，晚上就寝、早上起床的日常般，一个月两次的性行为犹如证明两人是合法夫妻的手续或义务事项。当然，不是打从一开始便是如此。在生孩子之前，它曾经是确认彼此感觉的一种游戏，但那仅是一时罢了。丈夫并不是那种会为了交欢下功夫的男人，很多时候我都觉得他只是个将累积的精子输出的人。在毫无前戏的情况下，不管三七二十一地用膝盖揉搓我的下体，要是没有加以拒绝，他就会直接行事。既感受不到任何体贴，也没有一丁点儿耐心。射精之后，他调整完自己紊乱的呼吸，便起身径自走向浴室。丈夫通常都只脱掉下半身就办事，所以留在空床上的我只要用卫生纸擦拭下体，穿上内裤和睡裤就结束了。在他躺回我的身旁以前，我会转身面向墙壁假装睡着。虽然一直都觉得没有被满足，但我没有在丈夫面前表现出来。说实在的，也不知道该如何表达。我收拾好棉被，大大吐了一口气。

在这段时间内，手机有三通未接来电，是妈妈、婆婆和允书的妈妈打来的。婆婆想必是打来说下周祭祀的事，而允书妈妈则是为了聚会。明明已经知道我无法参加这次聚会了，何必又打电话来？

妈很快又打来："你是在忙什么？每次都要我打好几通给你。"

"那妈又是在忙什么，一大早就打给我呢？"

"非得有事才能打电话给女儿吗？你们这些人就只想到自己。"

"贞雅呢？"我一边将餐桌上的笔记本电脑插上电，一边询问。

妈仿佛迫不及待似的，气鼓鼓地说："她不知道在忙些什么，我觉得自己被冷落了。"

虽然对于妈说自己被冷落这句话感到挂心，但我转移了话题。

"爸呢？"

"不知道,一大早就不见人影,看了就讨厌。"

"又怎么了?"

"什么时候有理由啦?真要说理由的话,每件事都能拿来挑剔。"

只要提到父亲,妈就会一概否定,倘若追问她到底是讨厌什么,她就会说只要活到那个岁数就会了解。虽然当年尚未满四十岁,我却很能理解个中滋味。曾经我以为是妈不够成熟或怠惰,才无法迎合父亲的性情,但经历婚姻生活后,我完全体会到妈过着何等不易的婚姻生活。

父亲是个每天要检查完家庭收支簿才肯让太太就寝的丈夫,是个太太的穿着打扮或发型必须一辈子按照他的喜好,就连一杯水也不懂得自己倒来喝的人。父亲退休后,妈必须全天候和丈夫待在一起,所以对妈来说,也许现在才是最煎熬的时期。现在就连住在家里的贞雅都不在家,加上她这次只买了单程机票,妈可说是彻底绷紧了神经。

"她说这次去哪里?"

"我到底要说几次你才会听进去啊?你每次都把我说的话当成耳边风吧?"

"那是因为我也到了老是忘东忘西的年纪啊。"

"还不到五十岁的人,在七十岁的老母亲面前胡说什么?巴西、巴西!千湖沙漠!"

"干吗大吼大叫的,我又没耳聋。"

我按照妈所说的,在搜寻字段栏打上"千湖沙漠",先是出现同名的民宿和餐厅,接着是有关伦索伊斯马拉年塞斯国家公园的新闻,然后又搜寻到一连串游记。

贞雅去了这里,雪白的沙漠,许多座宛如泼洒上蓝色颜料的湖泊,犹如梦境般铺展开来。白沙本身就很奇特,虽然是沙漠,却有一望无际、清澈耀眼的湖水,壮观得令人难以置信。想到贞雅一个礼拜后就会站在这幅风景前,我不由得心生羡慕。是因为蜜月旅行后,再也不曾到国外旅行的缘故吗?每次贞雅去国外时,我那千篇一律的日常就总显得一文不值,十分寒酸。

贞雅初次出国是去柬埔寨。当时还是大学新生的贞雅和即将升上大四的我同行,但只有贞雅一人感受到吴哥窟的威严。有别于因为水土不服而不停进出厕所的我,贞雅顺利地消化了每一种食物,和刚认识的人也能毫不拘束地自在相处。旅游期间,我巴不得能赶快回家,贞雅则是竭尽一切想远离家里。

尽管在那趟旅途中，我清楚地领悟到贞雅与我的人生将会背道而驰，但没想到会如此天差地别。从柬埔寨回来后，贞雅总会想办法制造机会到国外，放假就到泰国、越南和中国旅行，休学的那一年去澳大利亚住了半年，在大四的寒假期间完成了环欧之旅。立志成为旅游商品策划人的贞雅，虽然最后在旅行社顺利任职，但只当了几年的咨询员，并没有接触到自己梦想中的工作内容。辞掉旅行社的工作后，她转换跑道去了毫不相关的公司，但总会想办法存钱，抽空周游各国。按照妈的说法，她活得就像有钱人家的千金一样。

"去巴西应该要花不少钱吧？"

"赚来的钱是拿来做什么用的？当然是花完再死啊。她又没有子女或丈夫，照顾自己一个人就行了，真羡慕她的命啊。"

"只身一人不觉得孤单吗？"

"她是一个人还是有对象，都跟我无关。"

在我沉浸于新婚的乐趣中时，看到贞雅犹如无法定居、四处漂泊的游子，我还替她担心。但等到我照顾两个孩子、忙得天昏地暗时，看到贞雅毫无包袱，想离开就离开，心底只有无限的羡慕。年过四十后，我便下了一个结论，贞雅之所以能那样过活，就是因为没有结婚生子。虽然觉得贞雅不理会传统观念并做出这样的选择很帅气又很了不起，但偶尔又会暗自心想，她最后会不会变成独居老人，孤苦伶仃地饿死？那么，终究这又会变成我必须面对的课题。

看到千湖沙漠的那个早晨，我隐约有种预感，意识到自己会就这样老去。往后我会若无其事地拔掉白色阴毛，孩子们会若无其事地去探访我从未见识过的世界各处，而我会心如止水地接受那个事实。二十岁时怀有的梦想、三十岁时希冀的未来，终究都不会留存在记忆里。我用力合上笔记本电脑。

"我该准备出门了。"

我用这个借口打断妈在父亲与贞雅身上打转却毫无条理的唠叨，好不容易结束通话。一挂上电话，我随即从冰箱里取出汽水，一口气咕噜咕噜喝下。饮料沿着食道流下，引起刺痛感，我连续打了好几个嗝儿，郁闷的感觉似乎舒缓了一些。冰箱门仍敞开着，警示器响个不停，但我不以为意，再取出一罐汽水后才将门关上。接着我从流理台的抽屉里取出药袋，将弗利敏锭、布洛疲温锭、克肥锭、阿勒博胶囊四颗药丸混着汽水一同吞下。它们分别是食欲抑制剂、抗忧郁剂、肥胖症便秘改善剂、体重减轻营养补充剂。

虽然是一种副作用,但减肥药会如狂躁症般使心情亢奋。药师将处方药递给我,要我和肝病药物乌鲁沙一起服用。这种药物可能会对肝带来过重的负担。虽然药师的口吻相当公事公办,我仍感到颜面尽失,他只是说了"这种药物"而已,却像是以"都这把年纪了,怎么还……"为前提所说的话。你懂逼近更年期的女人为了减肥而吃食欲抑制剂的心境吗?生了两个孩子后所增加的体重是十五公斤,要在养育年幼孩子的情况下,靠运动和调整饮食减肥是不可能的。

药物效果很惊人,一个月内就瘦了十公斤。只要服用药物就会没有食欲,就算不吃东西也会持续腹泻,排出乌黑色的稀便。当然,只有服药时才如此,一旦停药就会无法克制地暴饮暴食,身体很快就恢复原状。到头来,在接近十年的光阴里,我靠着间歇性服用减肥药,反复节食和暴食,才有了现在的身体。同时也基于一种只要变胖,吃药就能减肥的心理,我变得更加放纵自己。

"你已经是老太太了,老太太本来就会看起来像老太太。就叫你放弃了,我什么时候嫌过你胖?丈夫都说没关系了,你还担心什么？你穿什么都一样，所以没必要在意。"

　　脑中不停响起丈夫说的话，我不禁怒火中烧，对丈夫怀有的敌意随时随地都会探出头来。你说没关系就真的没关系吗？……啊！我仿佛受惊吓般倒吸一口气，闭上嘴巴。最近我老是自言自语。人家都说，如果会不自觉地自言自语就代表老了。我低头看着自己的小腹，肚子圆滚滚的，所以看不到脚尖。竟然说只要丈夫说没关系就没关系，我的身体凭什么由你来评断？

　　被当成不管理身材的懒惰女人或好命的女人倒还好，怀疑我的身体是不是生病了才更令人害怕。看到新闻说肥胖比例会随所得而增加的新闻时，我甚至巴不得能做个缩胃手术。最讨厌我的身体沦落到这地步的人是我自己。最近连XL号都觉得小，挑选尺寸合适的内衣很麻烦，挑选不让肥肉跑出来的衣服就更伤脑筋了。我再度试穿买来后始终挂在衣柜里的夏季花纹洋装，心想如果把现在的药吃完是否就会合身了？但即使是体重减少了，后头的拉链就连一半也拉不上。这件洋装原本是打算穿去这次聚会才买的，最后还是只能穿看不出身形的硬挺棉麻洋装去参加。

虽然中学的妈妈们不常举办聚会，但担任代表的妈妈善良和蔼，很善于主导聚会。她是最年长的一位妈妈，而且家中老大就读的是名校，所以其他妈妈也愿意全心追随。最重要的是，有些孩子打算报名"特目高"[1]或"自私高"[2]，他们的妈妈另外组成了经过筛选的社团，定期举办聚会，我也是其中一员。虽然分享考试情报和补习班情报是最大目的，但主要话题都是养育青春期的孩子有多辛苦。这次的聚会是新成立的科学补习班的说明会，大家说好要一起去，才聚在一起。不过，这次聚会的气氛有些不同，包括身为代表的妈妈在内，妈妈们都惜字如金，对话经常戛然而止。我再也无法忍受暗示着只有我被蒙在鼓里的沉默了，唯有正面突破才是解答。

1　特别目的高中，重视学生的特殊才能，培养专门技能人才，例如外语、科学、艺术、体育等。

2　自治型私立高中，不受政府监督，可按照学校的教育理念培养人才，重视学生的自主学习能力。通常此类型学校要求学生成绩优异，学费昂贵，因此经常引发精英教育的争议。

"是关于我们家世勋的事吗?"

妈妈们全将目光转移到妈妈代表身上。妈妈代表一副无可奈何的样子,一口气喝完剩下的冰咖啡,终于开了口。

"如果你已经知道了,那就先说声抱歉了,不过听说世勋和女孩们在交往。"

"我们家世勋有了女朋友吗?"

我确实大感意外,但仍不免心想这有什么好大惊小怪的。课业优秀的孩子,不仅懂得自我管理,还有交往的女朋友,这不是什么缺点,而是应该感到自豪的事。孩子总该谈一次恋爱的,虽然此前不曾有过这样的事,但我心中早已做好迟早会有这天的准备。儿子比去年长高了不少,喉结慢慢显现,也变得沉默寡言。尤其看到他的手掌逐渐变得厚实,我不禁意识到他还正在发育呢。

我将背靠在椅子上,轻轻笑着回答:"如果交了女朋友,就该先介绍给妈妈认识呀,等他今天回家,我可得好好说他一顿了。"

没有一位妈妈跟着我笑。

妈妈代表小心翼翼地继续说:"如果他交女朋友,谁会多说什么?可是世勋好像不太一样,听说他只是为了做那件事才跟女孩们来往。"

"那是什么意思？做什么事——不会吧……"

那一瞬间，我想起儿子每天早上掩藏不住的睡衣裤裆。

"我也是听我家孩子说的，所以这事有待确认，但总之，这件事也不是只有我听说过。"

我一时没意会过来。竟然不是女朋友，而是发生关系的女生？不是只有一个，而是好几个？难道是性交易吗？意思是说他和女生来往只是为了那件事。既然不是交往，做那件事又有什么意义？我顿时哑口无言。怎么会只有我不知道这个传闻？所以现在你们希望我怎么做？碰到这种情况时，该如何反应才恰当？我一时无法做出判断。

我不记得自己是如何回到家的。一回到家，我所做的就是煮一锅泡面，连同汤底全部喝完，然后一口气喝下两杯速溶咖啡。突如其来的食欲不懂得适可而止，直到我解决掉一整罐奶油饼干之后，才撕开两包药袋，从中挑出呈蝴蝶形状的弗利敏锭吞下。

我自认为是个思想开明的妈妈，可以接受孩子与异性交往，也接受在那个阶段发生性关系，只是实际发生的事完全在我的预料之外，还是这种状况。

我将进门后的儿子叫到面前,说我想亲自听他说。

"既然都听说了,还有什么好确认的?"

"妈妈听到的都是事实吗?"

"嗯。"

"怎么会!怎么会这样?"

"现在是在教训我吗?"

"不然是在称赞你做得很好吗?"

"我做错了什么?我有戴保险套,确认对方是不是真的想做,是双方同意才发生的。"

"不是说没有在交往吗?"

"有谁规定一定要和交往的人做吗?"

我真想把那张嘴给撕下来。

"你是大人吗?你只是个中学生!"

"中学生就不能做吗?为什么?"

我无法立刻断然说不行,就现实来说不可能,因为我以前就一直以"如果交了女朋友,和对方做了那件事"为前提,不断强调双方同意和避孕的重要性,只不过前提并不包括只为了发生关系的关系。

"如果你是和交往的人做,妈妈还不会这么生气,你觉得只做那件事的行为正常吗?"

"我总得有消除压力的渠道吧?"

我再也说不出任何话。竟然说用来消除压力?你干吗不去自慰!

"要是靠那个就能消除,我早就做了!真丢脸。"

"如果真的没办法,不行就去喝酒抽烟嘛!"

"我疯啦,干吗要虐待我的身体?"

在持续顶撞、一句话都不肯认输的孩子面前,我不知该如何是好。儿子暂时调整了一下呼吸,直勾勾地盯着我。

"妈,我不是按照你的期望,交出漂亮的成绩了吗?我功课好,也不去网咖或练歌房,不和其他人组小圈子,也不曾忤逆大人的意思。这不就是妈想要的模范生吗?我各方面都管理得很好,不管是高中或大学,都会去妈要我去的学校。不过,消除压力这点就别管我了,我总要有个发泄的渠道吧?大家都是靠在网咖打游戏来消除压力的,我不过是跟他们一样罢了。"

"那些女孩呢?她们也和你一样?"

"我干吗管那些?各管各的就好了。"

"你是动物吗?怎么可以只为了做那件事……好,就当你很享受好了,但对方真的和你一样吗?你有确实掌握女生的心情吗?是不是女生喜欢你,你却擅自说对方是享乐纵欲?"

"那妈希望我真的交女朋友,跟对方认真交往吗?眼前除了补习班功课,还有"英才院"[1]的计划,要做的事堆积如山。就是因为妈没帮我安排家教,小论文才会到现在都还没开始啊!别说玩的时间了,我连休息的时间都没有,拜托给我一点儿喘息的空间好不好!"

我为什么没办法马上回嘴呢?回说那是你的责任,每个人都很忙碌,要做的事多如牛毛,但学习如何调整和分配时间并追求快乐,这就是身为人该做的事。别拿谈恋爱就不能怎样来当借口,如果有心思去搞女生,那你也该好好思考一下相关的责任!我应该这样告诉他的,却怎么都说不出口。我并不是因为和初中二年级的儿子讨论没有爱的性才感到扭捏不自在,而是我也不自觉地开始妥协,假如真如儿子所说,不会影响到念书的话……

---

[1] 全名为"英才教育院",主要由政府单位及大学设立的针对有卓越才能与资质的中小学生,培养中小学生发挥潜力的教育机构。

"爸也知道吗?"

"怎么?你怕爸爸会知道?"

"不是,换作是爸,应该不会像妈一样难以释怀吧?爸应该更了解,这件事没必要大惊小怪。还要继续说吗?英文补习班的功课还没写完。对了,零食不必替我准备了。"

我看着儿子径自走入房间的背影,一时觉得喘不过气来。就算大声吆喝"妈妈话还没说完",我也只会继续老调重弹,儿子也必然会回应相同的话。我对儿子所说的,就只有别让妹妹知道这件事而已。听起来就像是在对自己辩解,所以更令我气愤,但我连这怒气该如何消解都不晓得。

"所以问题在哪里?"

见到丈夫的反应,我更震惊了,忍不住反问:"你说什么?"

"到底是什么样的女孩,小小年纪就随便糟蹋身体?用膝盖想也知道,一定都是不会念书的吧?总之,你别挫了孩子的士气,适可而止吧,没必要为了这件事大声嚷嚷。"

"他们才十五岁。"

"我在更小的时候就做过了。"

"他又不是自慰！是真的和女生做了。"

"那又怎样，是霸王硬上弓吗？不是你情我愿吗？又不是强暴，只是消除压力而已，有必要大吵大闹吗？"

"我说的就是消除压力这件事，难道不是错的吗？"

"不然你要叫他谈恋爱吗？他不是说有用保险套吗？这小子可真聪明。"

"你还笑得出来？"

"不然要哭吗？老婆，你何必这么严肃？他现在年纪还小，就算无法称赞他做得好，但也没有严重到需要打断他双腿的程度。双方你情我愿，也用了保险套，不就好了？父母还要多说什么？说穿了，世勋有做错什么？问题是出在那些在男人面前投怀送抱的女人身上吧，我们的儿子有什么问题？"

"老公！"

"难道不是吗？既然其他妈妈都知道了，学校也不可能不知情，如果会造成严重后果，学校早就联系我们了。等时间久了风波就会平息。毕竟他是男生，这也不算什么过失,反倒还会成为同侪之间有本事的家伙——会玩又会念书的孩子,谁敢多说什么?"

"如果这件事不是发生在世勋而是世恩身上呢?如果世恩说想消除压力而到处和男生做那种事,你也会说反正孩子会念书就好吗?"

"你怎么把这么可怕的事套在世恩身上!男生和女生会一样吗?"

"哪里不一样?"

"你别再故意唱反调了,女生怎么可能?女生天生就不会做那种事。"

"那和世勋发生关系的孩子呢?"

"那是因为她们疯了。像世勋这个年纪的男生,只要碰到女孩就会被迷得神魂颠倒,所以她们会想尽办法用肉体去勾引。如果是这样,我当然不会坐视不管,只要会妨碍到我们孩子念书,就不能袖手旁观。这些没家教的黄毛丫头,一点儿也没有学生样,成天只知道追着男生跑。"

没有家教、大肆宣扬的不是那些女孩,而是我们的儿子吧?可是我闭上了嘴,我也不想承认儿子是那种孩子。

"只要顾好我们的孩子就行了,你别随便表现出好像那些女生很可怜的样子,也别觉得愧对其他妈妈,除非世勋真的做错什么。话说回来,那些一窝蜂跑来向你打小报告的女人更可疑,是觉得有好戏看才幸灾乐祸的吧?你就别放在心上了。"

"那要怎么对世勋说?"

"啊?还要说什么!就随他去,时过境迁就好了。要是你非得念两句,就叫他在风声平息之前安分一点儿。我到现在还没吃晚餐,不给我做饭吗?"

虽然我没向儿子和丈夫说,但我一直很担心那些女孩,如果她们是真心喜欢儿子的话怎么办?如果那些女孩的父母知道了又该怎么办?虽然我很害怕儿子会遭人指指点点,但若无其事地等待时间过去也不是什么正确的解决之道。为什么丈夫和儿子都不把这状况视为问题,视为应该解决的问题?这件事不是错的吗?虽然我不想承认也不想接受,但这摆明了就是不对,最后竟仍是丈夫说了算。

丈夫享用着迟来的晚餐,丝毫不瞅坐在面前的我一眼,只顾着看手机。挑出来的豆子放在饭碗旁,随意滚来滚去。儿子也不吃豆子。儿子像丈夫一样个子高挑,像丈夫一样有严重的鼻炎,像丈夫一样喜欢数学,像丈夫一样自私自利。

"水!"

我动也不动地静静坐着,换作其他日子,我早就端到他面前了。

丈夫这才抬起头注视我,大概是感觉到我心情不佳,于是悄悄起身,自己倒了水来喝,并以低沉的嗓音对我说:"世勋不像你担心的那样,有什么奇怪的地方,你只要心想,他长大了,长成了一个正常的男人。好好观察他的状况,别让他因此变得畏畏缩缩。我们只要照顾好自己的孩子就行了,知道吗?"

接着,丈夫拍了一下我的臀部,走进了房间。女儿的房间内传出偶像歌手的歌声,儿子还有一个小时才会从补习班回来。儿子究竟是在哪儿和女孩们发生关系的?和几个女生来往?他是个只会在学校、补习班、英才院三地跑,路线明确,也从来不曾晚回家的孩子,是个不粗鲁,既遵守礼节又品行端正的孩子啊,我心目中的儿子一直是如此的啊。我觉得头好痛。

允书妈妈没有参加上次的聚会。自从那天后，她不停地打电话来。允书和儿子从小学到现在是第三次同班，允书还有个读高中的哥哥，两家同样是养育一对兄妹，有很多心有戚戚焉之处，彼此累积了多年的情谊。

谁家只有女儿，谁家只有儿子，一眼就可以看出来。养育姐妹的妈妈们基本上是以男生都很调皮为前提进行对话的。她们慨叹着人心不古，要在这险恶的世界养育女儿有多不容易，要担心和严加管教的部分多到数不清。虽然养儿子的妈妈们听到她们无理由地将原因归咎在男生身上而感到不满，但没有人会斩钉截铁地加以反驳。

养育兄弟的妈妈们则经常说，最近的女生很可怕，也不敢随便跟她们搭话，因为有这些在校成绩优异得犹如怪物的女生，念书变得更辛苦了。当养女儿的妈妈烦恼着处于青春期的女儿时，这些妈妈就会小看她们，说她们没养过儿子，不知道什么才叫辛苦。另外，说"女儿比儿子早熟是一种问题，而儿子则是一辈子长不大的小屁孩"的说法也令人难以苟同。最重要的是，听到养儿子的妈妈搬出一贯说辞，说孩子在家从来不开口，完全不知道他在学校发生什么事时，养女儿的妈妈们就会怨声载道，说她们只会袒护自家孩子,这样讲很不负责任。

允书妈妈和我同样抚养一对兄妹,我们总是忙着对两派人马说的话点头称是,也因为同样被夹在中间,很快就感到疲乏了。正因如此,允书妈妈让我感到很失望,她不可能不知道那天的话题。不,她一定从允书那里听说了,这段时间却对我只字不提,这件事也令我感到气愤。

自从那天之后,发生变化的似乎只有我一人。丈夫依旧晚归,儿子的生活也一如往常,平日到学校和补习班,周末到英才院与运动俱乐部,除此之外都待在家,扣除用餐时间,不曾离开自己的房间。看到他嘴上虽然抱怨英才院没有因为学校正在考试而减少功课,脸上却没有半点儿厌烦的神色,反倒很有耐心地坐在书桌前,我不禁觉得孩子很可怜,但很快地又摇了摇头。现在他还念得下书吗?怎么能摆出一副天下太平的样子?想着想着,我不由得又怒火中烧,脸逐渐涨红,脉搏也随之加速。碰到这种时候,我就会"咕嘟咕嘟"地大口喝下汽水,使自己冷静下来。

等心情平复，我又觉得埋首念书的孩子真是乖巧。犹如墙头草般摇摆不定的心，连自己也无法控制。

他是我阵痛十二小时所生下的第一个孩子，是喂养我的奶水与青春长大的孩子，是全身上下我都了如指掌的孩子，是不管到哪儿都不逊色的聪慧孩子。这个事实不可能改变。尽管如此，很显然的是，当我觉得儿子很棒、很优秀时，内心开始感到有些不自在了。

我数次询问丈夫，这件事真的可以就这么算了吗？要不要去找班主任咨询一下？但得到了"老师又有什么办法"的回答，好像确实是这样。听到丈夫要我别自找麻烦时，我不自觉地点了点头。

"不然让孩子去旅行？"丈夫干脆默不作声，意味着那样做又有何用，我又补上一句，"也许该让孩子有个全新的开始？"

接着就换丈夫说教了："世勋是犯了什么罪？为什么要逃跑？"

这真的不是犯罪吗？因为女生也答应了，基于你情我愿的前提，所以默许十五岁的儿子用性行为纾解压力，这是身为大人应有的态度吗？

我又问了一句:"还是我去见一下那些女生?"

原本躺在沙发上盯着手机的丈夫猛然坐了起来。

"你到底是怎么了?见到之后要做什么?看到她们的嘴脸后就会释怀吗?事情明摆在眼前,你就非得不见棺材不掉泪吗?她们迷上了功课好、长相清秀又有礼貌的男生,才会死缠着对方不放。去见那些不入流的人,只会惹得你胃痛难受。我说你啊,我们才是受委屈的一方,懂吗?是她们巴着不放,让好端端的孩子流言缠身,你为什么老是急着想扮演加害者的角色?啊,还有,话要说清楚,不吃别人要给你的东西,这种人岂不是傻子?"

"你怎能如此深信不疑?"

"那当然,做父母的就该相信子女,不然要相信外人吗?"

女儿来到客厅,坐在电视前,我们的对话也因此中断。女儿打算看偶像团体的回归表演,打从几天前便翘首盼望。

我望着女儿乌黑的后脑勺沉思着,为什么我一直觉得焦虑不安又难以释怀呢?我把箭矢转向自己,扪心自问:是无法相信孩子?不爱孩子?如果都不是……会不会是出自想赶快恢复孩子原来正直形象的心态?如果他没有做错事，那就忘得一干二净；要是他做错了事，就赶紧解决。我隐约发现，我之所以会和丈夫不同，不仅是因为担心儿子，还因为老是挂心那些女孩，是畏惧往后她们会成为我孩子的绊脚石，所以想趁问题可以解决时封住她们的嘴，趁事情可以修补时加以收拾，这是父母为了孩子未来着想必须做的事。我虽不想承认也不想表露出来，这却是我最真实的心情。

"哇！"女儿乱吼乱叫着，紧贴在电视机前。灯光绚丽的舞台上响起吵闹的歌曲，足有十三名年轻男孩开始有条不紊地跳起舞。他们个个儿长得像漫画主角，但不管我再怎么看，都觉得他们长得一模一样。每当女儿喜欢的成员有特写镜头时，她就会发出刺耳的尖叫声。

我完全捉摸不透，女儿未来究竟打算成为什么样的人。儿子只要维持现在的成绩，考进我所期望的医学院应该不是难事。但女儿和儿子不同，如果没有人教她便无法自行领悟，但就算花时间教，她也没有一件事做得恰到好处。

我想不通为何大家会说女儿比较精明干练，能成为家中的生活支柱，也不懂什么养育女儿的乐趣。该区分的不是女儿或是儿子，而是每个孩子本来就不一样吧，怎么会只有养女儿才能带来乐趣？我虽不懂得养女儿的乐趣，倒是很识得养儿子的滋味。曾经，我是将这句话挂在嘴边的妈妈。

丈夫和我不同，只要女儿提到就无条件说yes。比如，没有和我商量，就买偶像歌手的各版本CD给女儿，也曾经有好几次，父女俩买了现场表演的门票一起去看。

她已经升上五年级了，也不能放任她一直玩下去。但我并不想表现得像是一心只挂念读书的妈妈，硬是把她丢到补习班。整个寒假，我对抗拒念书的女儿连哄带骗，好不容易才让她从春天开始去补英文和数学。尽管打从一开始我就知道无法要求她像儿子一样拿到第一名，但仍希望她能有样学样。其实，女儿说想去上流行舞舞蹈班，我要她放学后再去社团上课，她仍不满足，吵着说自己真的想学更多的舞。我说，又不是要当艺人，别说这些有的没的，一口气回绝了。在这节骨眼儿上，丈夫却丝毫不懂我的良苦用心，又没有事先和我商量，就在女儿的央求之下突然答应让她去上舞蹈班。

"她现在是学跳舞的时候吗？"

"是你说小学时期就要培养孩子的艺术、体育才能，说话可要前后一致。"

"我好不容易才说服她去补英文、数学,才刚开始没多久。"

"要让孩子享受其中觉得幸福才行啊。你有看到她跳舞时的表情吗?光是看到世恩有自己想做的事,我就觉得她很了不起,也很神奇。我们就别平白无故给孩子增添压力了。"

"读书也讲究时机的,她已经晚了一步。"

"不会念书又怎么样?"

"你就不会对世勋说这种话。"

"男生和女生怎么会一样?就让她去做自己喜欢的事,她跳舞时有多美啊!女生最重要的就是外貌,以后让我们家世恩去削个骨、缝个双眼皮,也不输别人的。"

"现在这个社会只靠脸就够了吗?不仅要外表出众,还要头脑聪明。所以世恩除了漂亮,念书也要加把劲儿,这点你不是更心知肚明?你成天挂在嘴边的那名女员工,不是称赞她脸蛋漂亮、身材苗条,又是很好的大学毕业,说到口水都快干了吗?"

"就为了在他人面前展现,所以送孩子上大学?就算苦读后拿到硕士、博士学位又怎样,比起脑袋聪明的女人,外表漂亮的女人更容易嫁掉,不是吗?"

"就算按照你说的,要想遇到脑袋好又有出息的男人,那也总得在同一个圈子里吧?好歹大学也得去个不错的学校……"

"可是,妈,"女儿不知何时走了过来,"我自己就不能选吗?我不能自己做主,一定要被别人选择吗?妈以前也那样吗?"

丈夫忍不住笑了起来。

"你怎么又跑出来了,数学作业写完了?别忘了做完后还有听力作业。"

"妈,我就不能看个半小时MV吗?"

"去看,去看!我们家世恩想做什么就去做吧。"

一个巴掌要如何拍得响?我辛辛苦苦建立的规则,总是因为丈夫好面子而在一夕之间崩塌。孩子随着自己的爸爸起哄倒是无所谓,因为孩子们也知道那是爸爸的一片好意,只不过我讨厌自己的意见在孩子面前遭到漠视,我变成无足轻重的人。原本我就打算找时间针对这件事和丈夫理论,恰巧此时儿子发生了状况。

丈夫紧挨在女儿身旁坐着。女儿目不转睛地盯着电视,嘴上虽喊着爸爸很烦,把他推到一旁,但很快两人就扭缠在一块嘻嘻哈哈，互相开起玩笑。近来女儿的胸部逐渐丰满，臀部和大腿也变得胖乎乎的，已经不再是个孩子了。

"有必要做到这地步吗？"

尽管丈夫嘴上这样说，但内心似乎并不完全排斥。他一边说星期日一大早就把人赶出家门是犯规行为，一边又兴冲冲地问儿子要打保龄球，还是要去登山。儿子说距离考试只剩一周而拒绝了，但我硬是赶鸭子上架，把儿子推出门外。

虽然女儿吵着要跟，撒嘴露出不开心的表情，我仍顽固地摇了摇头。丈夫只能无奈地安抚女儿说，今天是男人之间的专属时间。丈夫要我帮忙准备篮球和泳裤，我连同冰镇水、三明治和水果餐盒都交给他。

"和爸爸出去流点儿汗再回来。"

儿子默不作声地转身走掉。我原本打算拍拍儿子的肩膀，但伸出的手完全没碰到他的肩膀，就这么尴尬地停留在半空中。冷飕飕的空气沉重地笼罩着玄关。女儿的房间内流泻出偶像团体的歌声，我则一动也不动地站在玄关。为何只有我独自一人承受这陌生且冰冷的空气？我不由得感到委屈。

我赶紧将药丸放入嘴巴，带着要抑制食欲爆发、避免自己疲乏无力、无论如何都得撑过一天的心情吞下药物，然后打了一通电话给允书妈妈。

"不好意思，周日还叫你出来。"

"世恩说要一个人在家吗？还以为你们会一起过来。"

"她说更喜欢自己一个人待着。妈妈不在家，她就能开心玩手机了吧。"

"我们家孩子也最喜欢我不在家的时候。碰到这种情况时，我就会觉得自己一无是处，感觉很失落。"

"原来不是只有我这样。"

"孩子嘛，都是一样的。"

我小心翼翼地啜饮放在眼前的热咖啡。坐在对面那桌的情侣将头靠在一起，看着手机有说有笑——他们顶多也才上高中吧？咖啡厅内有三五成群的年轻学生和情侣，看着他们肆无忌惮地嬉闹、放声大笑，胸口不免又开始郁闷。

允书妈妈不知是否读出了我的心思，率先开口："姐姐，你一定吃了不少苦头吧？"

"你也知道那件事吧？"

允书妈妈点点头，扫视周围一圈，压低音量："姐姐，其实我也经历过类似的事，我们家老大。"

"允灿？"

"嗯，只要想到他就让我操透了心……"

允书的哥哥，允灿，也是个出了名的模范生。我有好几次看着允灿心想，我的儿子要是能像他一样优秀就好了。允灿不仅课业名列前茅，运动方面也丝毫不输人，而且又非常有礼貌。他怎么会呢？

"因为是在姐姐面前，我就放宽心说了。姐姐也知道，我们家允灿从来都是全校第一、二名的孩子，可是从去年下学期开始，他的名次就直直往下掉，甚至掉到全校十名外。怎么可能这样呢？所以我就去打听了……唉，真是伤透了我的心。"

允书妈妈又往我这边靠拢了一些。她说，有个女生和允灿在课业上是竞争对手，而那女生打定主意要勾引允灿，让他无心念书。

"故意的？"

"对！女生都自己送上门了，男生怎么受得了？我们家允灿是第一次,所以被她迷得神魂颠倒,女生却很奸诈地趁机抢走第一名,这岂不是让允灿一个人变成傻瓜吗?"

"女生亲口说的吗?"

"还能有别的理由吗?两人成天在争全校一、二名,女生一定是看自己没有胜算才使出这种手段吧,只要等名次出来再立刻分手就行了。"

允灿和那女生是在交往吗?还是像儿子一样,是为了消除压力……

"允灿怎么说的?"

"我们家允灿说他们两人在交往,是自己没有好好念书,女生一点儿错也没有,自始至终袒护那个女生。唉,真是气死我了。你觉得这话能信吗?"

我倒是相信。

"更气人的是,我打听了之后,听说那个居心叵测的女孩绰号就叫作'第一名杀手'。"允书妈妈的一双杏眼睁得更大了,"听说她只跟自己争名次的男生交往。有谁抵挡得了为了打败竞争者而不惜出卖身体、向男生投怀送抱的女生啊?看这女孩连名声败坏都不怕,确实是够狠毒,可是又不能向学校检举。"

和儿子发生关系的女生会不会也是这样呢？我为什么觉得，如果是基于这种理由还比较安心呢？允书妈妈说，自己现在还没对儿子蒙受损失的事消气，我则越来越不解。就算是这样好了，那为什么女生的课业依旧出色，男生的成绩却一落千丈？

"姐姐，虽然我也有女儿，但最近的女生真是令人难以招架，念书时厉害得不得了，耍小聪明时花招又特别多，到头来只有那些憨厚的儿子受害。所以我听到世勋的事时，才会顿时感到心里七上八下的，因为我知道姐姐你会有多伤心。"

我长叹了一口气。

"姐姐，受害者可不止我们，听说每个学校一定都有这种女生。也不晓得是哪所学校……总之，最近的女生啊……除了这种，还有一种是……"

允书妈妈仿佛解除封印般滔滔不绝，说出一个又一个传闻。按照她的逻辑，会为成绩赌上性命的都是些精明过人的女孩，对成绩漠不关心的则是成天追着偶像跑、只知道化妆爱漂亮、脑袋空洞的女孩，她似乎忘记了，包括允书和我女儿都在"最近的女生"之列。

坐在对面的小情侣发出亲嘴的声音，接着从座位上起身。女生的双唇红艳闪亮,男生鼻尖下长出了胡须,他们笑嘻嘻地看着彼此,离开咖啡厅。我觉得这幅画面很美。唯有那年纪才拥有的平凡情绪,看起来耀眼动人,儿子身上却看不到这些。

"他们的父母应该不晓得自己的孩子有这种行为吧?"

我告诉允书妈妈,因为很担心那些觉得和世勋同班而感到不舒服的女孩,不管是孩子们还是她们的母亲,只要要求我道歉,我都会全然接受。我会承诺好好管束儿子,避免再有同样的事情发生,要我低头道歉几次都愿意。如果儿子不懂得自我反省,好歹身为妈妈的我必须表达我的诚意。可是允书妈妈似乎不会理解我的心情,她用和我不同的目光看待世界。

"允书妈妈,我先前拜托你的……"

允书妈妈将折成一半的便条纸递给我。

"我将允书听到的传闻,还有从其他妈妈那边听来的全都写上去了,比想象中少,也有没问到电话号码的孩子。"

便条纸上是和儿子来往的女生姓名和联络方式。我不敢打开来看,一接到就放进手提包里。我还不知道该怎么做,但也无法苟同丈夫或儿子的想法,认为按兵不动就是最佳之道。

"姐姐,你知道其他妈妈怎么说吗?她们说,世勋终究是个聪明的孩子,看他丝毫不为所动,按自己的步调乖乖念书的模样,真不是个普通的孩子,大家都很惊讶呢。我说这话可不是为了哄姐姐高兴,我也对世勋另眼相看了呢。"

我怔怔地盯着允书妈妈,她是真心在安慰我,替我辩解我儿子不是坏孩子,也像是在替自己打强心针,告诉我男生都是这样长大的,要我别太担心。我不由得心生羞愧,最后违心地向她道了谢。

直到要和允书妈妈分开时,我才问起允书的近况:"允书过得还好吧?她各方面都无懈可击,应该不会做出令妈妈担心的事。"

允书妈妈笑盈盈地回答:"那当然,我们家允书单纯得要命,除了念书,什么都不懂。"

原来允书是属于精明过人的女生啊,那么允书妈妈曾经是哪一种女生呢?我又被大家评价为哪一种女生呢?有多少女生因为那评价而自我欺骗了一辈子呢?话说回来,我开始感到好奇,那种评价究竟是依照谁的眼光决定的?

我先目送允书妈妈驾车离开,才打开允书妈妈递给我的纸条。虽然都是我不认识的孩子，但每个名字都一样文静秀气。我把名字反复读了好几次，直到背下来为止。

回家后，女儿的脸令我大开眼界。她看起来就像最近的高中生，一张脸白得吓人，只有鲜红的嘴唇光滑油亮。她兴高采烈地说自己擦了阿姨送的唇膏和气垫粉饼，笑得合不拢嘴。看来贞雅来了家里一趟。

"她怎么没说一声就……"

"没有啊，阿姨有先打电话给我。妈妈，你看这个。"

孩子上气不接下气地拉着我进她的房间。窗户、墙面和书柜上贴满了她喜欢的偶像海报，书桌上堆满了钥匙圈、名牌、扇子、笔记本等偶像周边商品，她巴不得能拥有的会唱歌的应援手灯和玩偶也按成员数逐一摆好。难怪女儿会如此兴奋。

"妈妈，阿姨连每个成员叫什么名字都知道，妈妈连我最喜欢的是谁都忘了吧？"

"净汉？Woozi？"

"不是！是Vernon，到底要我说几次？阿姨果然很厉害，钥匙圈和海报都帮我挑Vernon的！"

"这么开心？"

"当然!"

原来你就是那种成天追着偶像跑,只知道化妆、爱漂亮、脑袋空洞的女生啊。

"妈妈,阿姨搞不好把成员的名字都背下来了。"

我每天还会把自己的名字给忘了呢。

"对了,阿姨说这次要去巴西,她说有传短信给妈妈,有收到吗?"

有封未读短信不停地闪烁。

——我有好一阵子不会回来,所以原本打算见个面再走,没想到只见到了世恩。她说妈妈都不晓得自己喜欢什么,姐也和孩子对话一下吧。

妈最近吵着要离婚,我要她别自己干着急,和其他已婚的大姐商量看看。要是妈真的离婚了,我们就来开场派对庆祝吧。

我的班机在明天凌晨,就算联系不上也别担心,我会自行打理一切好好生活。我看世勋不在家,所以在书桌上放了零用钱。我这个阿姨很酷吧!Tchau[1]!

---

1 葡萄牙语的"再会"之意。

我和贞雅之所以过得如此不同,是因为我们做出了天差地别的选择。正如同贞雅不跟随传统观念的选择并不总是正确的,我毫不犹疑地选择结婚生子也非源于不成熟和懒惰,也没必要把从来不曾质疑传统观念、成为已婚女性视为判断错误并因此自责。如今,我并不想去羡慕贞雅的人生。我将读完短信的手机扔到床上。

　　要当天使阿姨谁不会啊?泥菩萨过河——自身难保的人胆敢这样对待姐姐!

　　女儿站在房门旁盯着我看,手上的应援手灯闪烁个不停。

　　我又不自觉地把内心话说出来了吗?

　　"有话要跟妈妈说吗?"

　　女儿摇摇头。

　　原本默默盯着我的女儿,小心翼翼地向更衣卸妆后的我问:"妈妈,你很累吗?"

　　"没有。"

　　"有什么不高兴的事吗?"

　　"嗯,有点儿。"

　　"哦,那我不打扰妈妈了。"

我呼唤转身打算回自己房间的女儿。

"世恩啊,那个叫作……克拉棒[1]!对吧?克拉棒!"

"嗯,对……谢谢妈妈,妈妈喝杯咖啡后睡一下吧。"

看到女儿咧嘴一笑,内心顿时轻松不少,所以大家才会说家里至少要有个女儿吧。哐!我被关门声吓了一跳。咔啦。女儿是有什么秘密吗?怎么还把房门锁上了。反正青春期一旦开始,女儿也只会说"妈妈你什么都不懂",然后把我赶出来吧。我经常觉得,女儿把自己的心都分给了那些偶像,分给我的部分会逐渐消逝吧?其他偶像、更多的朋友,以及总有一天异性会瓜分掉我的分量吧?我只会变成一个做饭给她吃、替她洗衣服的人吧?我的位置会在孩子的世界里消失不见吧?我忍不住哭了出来。我悄悄关上房门,哭泣却有如泄洪般无法很快止住。这一定是因为更年期的缘故。我殷切盼望是如此。

世上的所有女人都会经历更年期吗?只要将它视为理所当然,接受它、忍耐它就行了吗?我带着期望暴风雨尽

---

[1] 克拉棒为偶像团体 Seventeen 粉丝应援手灯名称。

快离开的心情喝着石榴汁[1]，也找荷尔蒙剂和女性维生素来吃。只要把时间花在跟朋友们见面、到处吃吃喝喝，这段时期就会不知不觉地结束吗？尽管如此，这些症状好像完成任务之后就拍拍屁股走人了，日子一到，月经又来了。我低下头，看到经血量不仅很少，颜色也很不明显，不禁感到泄气。听说最近不讲"闭经"了，但我不禁怀疑，这么缺乏活力的玩意儿能够称为"完经"[2]吗？沉甸甸的下腹与失去弹性的胸部也如水流般摇来晃去。

那天晚上，丈夫和儿子汗水淋淋地回到家。儿子洗澡时，丈夫犹如捎来消息的小燕子般叽叽喳喳说个不停。

"你就不必担心了，我听他讲完后，发现都是一些问题很多的丫头，听说她们本来就恶名昭彰。不过啊，看在你的分儿上，我还是说了他几句：'你也有自己的面子要顾，要是和太轻浮的人走在一块儿总是不太好看嘛，是吧？人总是要顾及体面的。'他点点头，马上就听懂了。我还要他

---

1 石榴有"女性的水果"之称。

2 韩国过去称女性的停经现象为"闭经"，但字面带有"作为女人的人生结束了，丧失女性特质"的负面意涵；后来兴起以"完经"取代"闭经"，强调"从月经中被解放，迎接人生第二幕"的概念。

这阵子克制一点儿,要是惹妈妈不高兴,我俩就等着饿肚子了。我看他全都听懂了,所以你也别愁眉苦脸的了。"

丈夫与儿子顶着散发洗发精香气的湿发,在餐桌上相对坐着,两人边打闹边嘻嘻哈哈。看到丈夫与儿子毫无顾忌大笑的模样,我越来越感到不自在,也很不高兴,要解决的问题不是儿子的面子或我的心情。我握着写有女生姓名的便条纸坐在餐桌前,暗自下了决定,就算没有丈夫的同意,就算儿子不答应,我也打算说该说的话。

此时,女儿在厕所里大叫:"妈妈!妈妈!"

女儿脱下了沾有深红血渍的内裤,哭丧着一张脸。她的初经来了。

我让张开双腿站着、一脸尴尬的孩子先坐在马桶上,替她擦掉大腿内侧沾上的血渍。女儿不停发抖,最后忍不住哭了起来。看到女儿说自己都学过,也知道这很正常,可是还是觉得很害怕,我顿时觉得很不忍心,紧紧抱住了她。

将女儿拥入怀中后,我想起那些和儿子来往的女孩。那些孩子的生理期应该都来了,她们第一次来经时也害怕得发抖吗?真希望当时也有人抱住那些孩子,安抚她们说"不要紧的,你们没有做错什么"。

"妈妈，你也哭了吗？为什么要哭？我不哭了，别哭嘛。"

我无法开口，说因为想到你身为女人，想到如今连年幼的你都得承担世界上一切的不公平与不义，让妈妈觉得很伤心。一头雾水的女儿轻轻拍着我的背，很快就止住哭泣，接着吃力地说要自己试着贴卫生棉。她是这么一个年幼的孩子。

丈夫和儿子不知所措地在冷掉的食物前等着妻子与女儿、妈妈与妹妹。女儿好不容易用自己的双手粘好卫生棉，尴尬地笑着走向他们。

看她蹒跚走路的模样，我不禁想大声倾吐心中的歉意，无论是对谁都好——智叡、秀敏、佳英、慧彬、素英……我在心底暗自呼唤那些写在纸条上的姓名，接着突然发现，女儿的月经好像和我的同一天来。

作家笔记

这篇小说的原文标题是"갱년기",汉字为"更年期"。"更"读作"갱(Kaeng)"时有"再次、更加、反倒、相反、怎么"的意思;读"경(Kyeong)"时则有"修正、改善、变更、改变、偿还、赔偿、连续、继续、经历、经过、通过、老人、夜晚时分"之意。若从意思上来看,后者似乎比前者更合适。

另一方面,"경년"又可对应好几组汉字,像是"顷年"指近年,"庆年"是指值得庆贺的一年,而"经年"则指经过一年或数年之意。

"자궁"的汉字为"子宫"。三十几年前,我学习到这个词是指"儿子成长的宫阙",听说二〇一七年的小学性教育课程则定义为"孩子的家"。

起初构思小说时,标题原为"七五年生的金智妍"。金智妍是我的本名,也是抚养两个女儿、明年即将四十四岁的女人。当然,当时构思的故事并没有成为这篇小说。

原本就预期文章写起来会很辛苦,果不其然真是如此。

这是我非常想参与的策划案,所以很爽快地就答应了,不过欣喜之情也只有在接到邀请电话的那一刻。

为什么觉得辛苦呢?因为从书上读到的女性主义、社交网络上接触到的女性主义、我所知道的女性主义和期望的女性主义、在我家中解释给女儿们听的女性主义和说服丈夫的女性主义、我曾经想在小说中书写的女性主义和终究囚禁在我的小说内的女性主义,全都是各自不同的语言。最重要的是,实际上,我所实践的女性主义无法追赶上所有的女性主义,所以我经常感到进退两难,我会好好反省的。

率先读完小说的S说:"别发表女人的敌人是女人、女人的敌人是男人那种言论,还有,扬弃悲惨凄凉的女性主义吧!"这正合我意。但仍忍不住想,我在十年前写的小说——女人拿铁锤敲碎男人脑袋的故事,会不会反而更像女性主义小说呢?不过,我想没有人会知道这次无人死亡的小说其实要难写十倍,所以就写在这里了。

"为何要那样轻率地妄下定论,说不结婚的人一定会孑然无依?为什么不肯认同,世界上也存在着不同于多数人的选择的其他人生?终究,我和贞雅都是相同的,我们都过着各自选择的人生,也只是对自己的选择负起责任罢了。"

这是我在琢磨、修改的过程中删除的句子，但奇怪的是，我并不想丢掉它们。

在此要向提供无数令我难以招架的经验谈、真实故事和传闻，并要我拿来当小说素材使用的朋友和邻居们致上谢意。幸好，我们又多了一本可以共同阅读的书。我会将这本书送给他们以示感谢。

我将石榴剥开来吃，指缝间因此被染成黄色。

《更年》这篇小说完成于二〇一七年秋天。

第二章 她们的故事

让一切回归原位

崔正和 최정화

ⓒKim Junyeon

1979年生于仁川。2012年获创批新人小说奖,正式踏入文坛。曾获第7届青年作家奖,著有短篇小说集《极度内向》、长篇小说《不存在的人》。

"小律,你的湿疹好像还没好?"

我正从柜子里取出相机时,科长如此对我说。他的语调单调无起伏,听不出来是提问还是自言自语。一阵蝉鸣倏地响起,让我错过了回答的时机。现在都九月了,仍会不时地听到蝉鸣声。当空气中弥漫着窒息般的静默时,若蝉鸣声突然窜进耳朵的话,内心就会像被清空般感到畅快无比。

"等夏天过了,应该就会痊愈了吧。"

多亏蝉鸣搅局,我随便搪塞了两句。

整个夏季我深受湿疹之苦,手掌心留下一块块宛如小型动物在上头尿尿的褐色痕迹。先前有过皮开肉绽的情况,还冒出一个个脓包,表皮也曾经变得犹如爬虫类皮肤般丑恶,却丝毫不觉得疼痛。科长碎念了一顿,说年轻小姐的手变成这样成何体统,是不是得多花点儿心思保养。虽然我一直有服药,陆陆续续也有去打针,每天早晚进行消毒,湿疹依然不见痊愈。每次伤口几乎快愈合时,就会再度蔓延,结痂又脱落的状况也发生超过三次。原本我已经对瘙痒、刺痛感、伴随灼热红肿的一连串症状越来越无感,却因为科长的一句话,再次引起了难以忍受的瘙痒。

从去年夏天开始,L市的建筑物便犹如患传染病的牛般无力倒塌。每当身穿黑色夹克、背上写着粗大的白字"韩国建设"的一群人动员,将好端端矗立的建筑打造成废墟,那个地方就会有好一段时间杳无人迹,以颓圮不堪的样貌遭到弃置。原先的居民一声不吭地离去,过不了几个月便盖起新建筑,仿佛什么事都没发生般换上新招牌。

听说有个收集毁坏建筑的内部影像和数据并加以建文件保管的工作,我没有多想就加入了支持行列,工作却因此全落在我头上。先前我刚好有些疲于应付他人,认为独自在安静的废弃建筑内工作是一项优点,但大部分工作时间我都得一个人行动,巡视崩塌建筑每个角落的工作也不如想象中轻松。

我有意识地和科长保持适当距离,尽可能避免聊到与工作无关的话题,之所以会提起私人的事,都要归咎于湿疹。湿疹逐渐扩散到引起他人注意,毕竟大家使用相同的办公室,也无法佯装不知道。但问题就在于交谈一直无法拓展到其他范围,始终在相同话题上打转。科长犹如一只不肯放掉掌中鼠辈的猫,反复询问湿疹的事,重复的对话越来越令我难以忍受。

我从抽屉里取出软膏涂抹在手心,背好背包站了起来,用红笔在办公室后墙贴的外勤簿写上"十点到下午一点"。因为是一栋五层的建筑,应该两小时就可以结束,但也许会发生意想不到的情况,所以多抓一小时左右会觉得比较安心。就算按照预定计划结束作业,也没有人会怪我多领一小时的薪水,所以大致上我都会多写一小时,毕竟有时工作也会比预定时间更晚结束。若将各种情况加加减减,从结果来看算是很公平,我既没有占便宜也没有吃亏。

我搭着公交车,把在小吃摊买的紫菜饭卷放入口中细嚼慢咽着,一边欣赏擦肩而过的窗外风景,感觉就像是去郊游。若将视线放在阳光底下花枝招展的建筑或人们身上,心情就会瞬间明亮起来,可是没过几个公交车站,眼前的风景便缓缓失去光芒。接下这项工作后,偶尔会发生这种情况,周围逐渐变得昏暗混浊,最后我会深陷在完全失去色彩的幻影之中。

当时,我暴露在众多刺激之下。原本我以为崩塌的建筑会是无人、安静的,是逐渐死去的场所,它却居然是熙熙攘攘的L市最嘈杂吵闹的地方。虽然见不到任何人影,但人群的声音会从四面八方蹦出来,没有任何完整的形体,却几乎包含了世界的一切。

最近我也经常发现烧焦的痕迹,从那些被灰烬覆盖的事物中,我见到太多的故事。崩塌的建筑仿佛等待已久般扑上来向我倾吐苦水,我则是挥汗如雨,努力将它们记录在相机镜头中。经历这些洗礼后,周末我无法见任何人,连音乐也不听,把灯关掉后就躺在房间里,除了窗外偶有鸟啼声传来,或有微风吹动窗帘,不管任何声音或动静,我都无心去观看或聆听。

科长越来越歇斯底里了。虽然亲眼看到崩塌现场实在很有压力,但要忍受科长以近乎废弃建筑的姿态坐在办公室也非易事。最近我觉得他有些可疑,他在检查作业影片和照片时,不时会用眼角余光不爽地看着我,好像那些照片和影片中发生的事全是我惹出来的。

科长八成忘记了，照片只是记录罢了，不是什么艺术家的作品。如果他从照片中感受到某种违和感，那是理所当然的，因为那些照片全被熏成暗灰色，建筑物形体倾颓不堪，脱离了它们一直以来维持的秩序；因为那照片里没有半个人，却存在着人的痕迹，只是那痕迹又遭到了破坏。

不过，我并没有无中生有，那并不是我的杰作，而是L市，是混乱的本尊。说起可疑，看着我拍摄的照片并试图打量评估我的科长比我可疑多了。我是灾难的记录者，可不是创造这场面的导演，但科长老是想从我交出去的档案中寻找我的意图，好像我心存不轨，打算破坏L市伟大高尚的形象一样。他一面仔细查看影片，一面怀疑我。

他看了一次照片，又看了一次我的脸，仿佛在观赏自己不认识的珍奇动物般瞅着我，并将双手交叉于胸前，好像我拍的影片有哪里不对劲，好像他所观看的那些画面都是我一人自导自演的。

他将脸贴近屏幕，摇摇头，接着像是有什么了不起的发现，慢悠悠地问我："可是，小律啊，你说你的手什么时候会痊愈？"

我之所以会在每回进入建筑前先跑去便利店吃一碗杯面,并不是真的因为肚子饿。每次进去前我必定会觉得胃痛,这大概是因为内心无法坦诚道出自己不想进去,所以才拐个弯用饥饿感来告诉我吧。明知这是种错觉,我仍一次又一次走进商店,买能最快填饱肚子的杯面来吃。

我将弯弯曲曲的面体放到足有人脸那么大的圆形塑料盖子上,也没有确实咀嚼就往喉头深处送,接着便能换来片刻的安心踏实。添加到汤头中的化学调味料能够提振心情。我听说有同事会将浓度高的酒倒入小的不锈钢瓶内随身携带,工作期间经常就拿起来小口啜饮,但对于我这种天生就没有解酒酵素的人来说,杯面无疑是最佳选择。我就像那些大白天饮酒的人,心情变得有些飘飘然,接着表现得像是手持邀请函走入庆典的人般,抬头挺胸地走入建筑。

只要能通过大门就等于成功一半了,世上的事都一样,都是一种与时间的搏斗、与体力的搏斗。

我先将镜头对准出入口。以崩塌现场来说,出口的栏杆大多会呈断裂残破状态,留下血迹的情况也屡见不鲜。只要看出口,大致就能够猜想到建筑整体的受灾程度。此处的破坏程度属中上。我拍下断裂的铰链与被吹到内侧的半焦脚踏垫，然后站在被烟尘熏黑的玻璃窗前回想外面的风景，却怎么也想不起来分明有经过的那些地方。反倒是站在那被熏黑的玻璃窗前时，脑海中恣意浮现的画面始终抹不去，化作鲜明的记忆。

周围的人说，如果持续盯着白色图画纸看，就会发现颜色慢慢变得不一样，还说成天在那暗灰的建筑里工作有碍身心健康，极力阻止我。但从来没有做过这工作的人，有可能知道它做起来是什么样子吗？光是将崩塌的建筑比喻成白纸，就是自打嘴巴了。

尽管日常风景在刹那间崩毁为灰色的废墟，工作时却全然相反，在彻底灰黑的空间内反倒经常有颜色互相交叠，即便在灰黑的建筑内，我也经常遇见彩虹。有时，一缕阳光钻进烟尘之间，为废墟打造出照明，看起来是如此灿烂夺目。

我出神地凝望从形体崩溃的幽暗空间中诞生的全新意象，看着洒落在坍塌阶梯上的一缕阳光，获得了再往上爬一层的力量。

两名系着头巾的女人坐在人造皮革沙发上,一个人在看电视,另一人则是以百无聊赖的表情翻阅杂志。发型设计师正在替一个看起来像是小学高年级的小女孩剪头发。

"我要剪发。"

告知要做的项目后,我轻轻坐在沙发边缘。

剪发刀片互相撞击的声音,发丝轻盈掉落地面的声音,不禁让人产生这世上的事物是否均是由极为轻薄的东西所构成的想象。小女孩的四周仿佛由一圈圈如井墙般的黑圆所构成,但设计师一踩过那上头,瞬间就被打散了。

"你的手怎么了?"女人询问,视线依旧停留在电视上。

"是湿疹,只要到了夏天,手就会出现问题。"

"湿疹?"女人悄悄将视线停留在我的手上,接着又兴致索然地将头转向电视。

我竭力将发音准确地说清楚,好让对方明确知道这是湿疹。我对于每次都要说明这件事感到厌烦,干脆拿起丝毫不感兴趣的时尚杂志。

"好了。"

女设计师取下圈在小女孩肩膀上的硅胶护颈枕。小女孩站起来后，身躯显得更娇小了。现在轮到我了。设计师在我的肩膀上围好剪发斗篷与硅胶护颈枕，拿起剪刀。

"你想剪什么发型？"

"我要剪得很短。"

"很短的短发？"

"不是，男生头。"

我觉得有必要再向设计师说明一下，所以指了指绑着绷带的手。

"因为要洗头发很不方便。"

设计师皱起眉，用喷雾瓶将头发喷湿后，宛如在肉铺里划分肉块般将头发分成好几个区块，剪下一撮又一撮头发。

嗒嗒，由轻盈所构成的世界开始了。

"刚才那个孩子好像从来不梳头，发梢都打结了，把我累得半死。她不是来剪造型，而是来解开打结的头发吧。"

嗒。

嗒。

又有一撮头发掉落在地面。

"不过,你的手怎么会变成那样?"

设计师大概没听到我刚才和后面的两个女人交谈。

"被刀子划到了吗?我之前削苹果时划伤了手,一直没复原,让我吃了不少苦头呢。"

"啊,不是的,只是患了湿疹。"

"刚才在走廊上,我就走在小律你的后面,可是却没认出来,还以为是别人呢。"

科长好像对于没认出我这件事感到很惋惜。

"虽然最近有很多短发的女生,不过小律你剪了男生头之后,简直就像另一个人似的。再加上你的手包成那样,背影看起来就像是完全不认识的人,我还以为是哪个受伤的学生走错地方了呢,没想到会是你。不过,你把发型剪成这样后,完全猜不到年龄。最近的孩子发育得很快,就连有些小学生都长得像大人一样高呢。"

我之所以会漫不经心地听科长说话,原因就在于眼前打开的档案。虽然有时会在拍摄影像的过程中发现自己的失误，当然也会有拍摄时浑然不觉，直到在办公室重新回放相卷底片时才发现的状况。我经常会有像是忘记某个楼层或特定地点拍摄比重过高的失误。可是我在检查昨晚拍摄的内容时，发现了完全无法只用"失误"轻轻带过的过错。

昨天的现场是栋六层建筑物，我却没有往上面的楼层走，一直在拍二楼。我记得我甚至还跑到了顶楼，可是从相机中的照片来看，别说是走到六楼，我一直停留在二楼。二楼、暗场[1]，接着是二楼和暗场，然后又是二楼。

我偷偷瞥了一眼科长，看他在做什么，结果他正在试吃新产品——水果果冻。这是在办公室见怪不怪的风景，是科长的和平时光——他的零食时间。看到他一脸平静的微笑，勤快地挖起一匙又一匙果冻，我倒是莫名感到安心。

我再次按下播放键，仍只有相同的画面出现。相机没有任何异常。每当二楼的样貌重复出现时，都会有非常细微的构图差异和变化。也就是说，我持续在拍同一个地方。

我看到二楼熏黑天花板的画面已经重复出现了三次，擦了擦自己身上的冷汗。被熏黑的天花板和墙面、倒下的

---

1 相机盖上盖子按快门，用以区隔不同场景。

桌子和花盆、居家用品，还有破裂的地板瓷砖，相同的东西持续以不同构图变换着。

科长看也不看我一眼，劈头就问："这新产品很不错，小律你要吃吃看吗？"

科长的提问将我从苦难中解救出来。我可以感觉到背上冒着汗，有种被什么刺到的灼痛感。我记得这种感觉，是背部感受到原本在手上的疼痛。虽然知道是知觉出了差错，但背部仍然感到灼痛不已。

我取出消毒水，擦掉黏在手掌心的黄色脓疮，然后抹上软膏。手掌中间宛如干旱龟裂的土地般裂开。乍看之下，手上的伤疤也像某种拥有丑恶外貌的生命体，龇牙咧嘴的。

"要是再这样下去，真不知道里头会跑出什么来。"我不禁自我解嘲。

我将相机放入背包，在外勤簿上用红笔写上"九点到下午两点"。

"今天这么早就要出去啦？"科长问道。我回答说对，也不知道是不是无话可说，他又问我湿疹有没有好一点儿，是不是依然毫无起色。

"也许不是湿疹，而是其他病状？"

我不晓得科长想的是什么样的病。

"我是在想啦，去大一点儿的医院做个详细检查会不会比较好？现在已经十月了，天气干燥到大家都必须随时擦乳液了，你怎么会得湿疹？小律，你不觉得有点儿奇怪吗？"

我告诉他，湿疹已经慢慢好转了，并没有继续恶化，只不过为了防止经常不自觉地碰水，提醒自己那只手正在接受治疗，才故意缠上了绷带。

科长像是在说"真是什么怪事都有"般撇了撇嘴，脸上写着"真搞不懂你的思考方式"。

因为隔天就必须交拍摄的成品，所以我再度前往昨天那栋建筑。我在路上遇到了几个突发状况，先是搭错了公交车（一次是号码完全不同的公交车，另一次则是搭到反方向的公交车），所以必须重新换乘两次。后来，即便我在商店用杯面填饱了肚子，也没有想走进建筑物的念头。

那一天，即便是化学调味料的汤头也起不了任何作用。明明只要走进建筑物就行了，我却一点儿也不想通过门口，腹部仿佛被凿穿般没有半点儿力气。我心想，稍微休息一下再试吧，但在建筑前的花圃附近耗了一个小时之后，仍然提不起勇气。

我在附近商店四处张望时,发现了一家小巧的服饰店,感觉它具有某种宗教的氛围。我曾听说有少数人会组成劳动合作社并居住在一起,他们住在郊外,在市区内经营几家商店,以贩卖自制商品的收益来经营合作社。商品设计高雅,由天然纤维制作而成,男女通用的商品就占了一半,颜色全是平凡的米色、灰色、黑色和白色。

对于不是独特的款式或颜色,我平常连看都不会看一眼,但我边想着"这就是所谓的低调含蓄吗",边将几个基本款设计的商品放到篮子里。秋天冷不防地到来,我正好需要几件长袖衣服,于是挑了一件要放在办公室随时外出可穿的毛衣、一件棉裤还有两件衬衫。结账时,店员问我有没有会员卡,听到我回答没有,店员表示如果办会员卡就能累积点数折抵金额。

"那就办吧。"我开始填写起数据,但突然心生一股排斥感,所以故意将电话号码的最后一字写错。

"请问,您的手怎么了?"职员的口气带着同情。

我想起了设计师,回说是在削苹果时划伤的。

"我也经常被刀划伤,虽然不曾划伤手掌就是了。主要是伤到手指,所以经常缠着创可贴。"

我静静凝视着手掌。绷带缠绕着整只右手,若说是削水果时的伤口,面积未免过大。

"您先生是偏瘦的体形吗?我们家的商品要比别的地方尺寸小一些,我看您挑的全部都是M号,有时一般穿M号的人也会拿L号。您要不要再考虑一下?"

"不用了,没关系。"

"您应该是趁午餐时间出来购物的吧?最近很多人这样。"

既然店员不可能知道我的工作状况,所以只要点头响应即可,我却突然想要加以反驳。

"我上午休假,我们公司经常这样做,因为如果员工一下子休很多天,站在公司的立场上会变得很为难,所以会如此建议员工。"

职员将衣服放进纸袋,连同收据一起递给我。

"那个……"

见我犹豫再三,职员再次眉开眼笑。

"要替您换L号吗?"

"不,不是这件事。刚才说的苹果,是我记错了,不是苹果而是南瓜，因为南瓜太硬，所以刀子滑掉了。"

小马说，似乎是因为我无法掌握那个空间才会发生这种事。我问他什么叫作掌握空间，他却迟疑了。大概他也不晓得明确的意思，只是天马行空地猜测罢了。尽管如此，他仍很努力想提供一些合理的解释。

"我有说过我最近在修炼吗？我们会闭上眼睛观看自己的身体，接着就会开始观看空间，一旦掌握空间，就会再次掌握我们所身处的位置。"

小马暂时停止说话，似乎是在确认我有没有听懂。

"只是在想，你会不会是缺乏那种感觉。我所认识的你，也就是说，你别误会我的话，先听好了。"

我没有尝试过修炼那种东西，不知道什么是掌握空间，也不知道什么是闭上眼睛观看自己。

听到我对此表示好奇，小马只是含糊其词："我们并不只是透过眼睛，也就是名为瞳孔的镜片来看世界。"接着像是灵光乍现般提高音量，"有个在修炼的朋友可以闭着眼睛猜到周围某个地方有什么东西，假如不是他的后脑勺有第三只眼，那就表示他掌握了空间吧？大概就是这种感觉。"

尽管我并不是凭自身经验学习到"空间的掌握"这个说

法，但用那种方式来说明我所面临的处境感觉很新颖有趣，我甚至开始认为它很有魅力。根据小马的理论，通过修炼，也就是某种技术的训练，我就能摆脱目前遇到的问题，这显然是个很正面乐观的结论。

总而言之，为了补足上面楼层遗漏的记录，我必须再次回到那栋建筑物内是既定的事实。翌日早晨之前，我必须将档案交给科长。

与小马分开后，我再次前往建筑现场。即便是光天化日之下进去都需要鼓起勇气了，想到必须在大半夜独自进入那个地方，我不免萌生退意，但该做的事还是得做。我仿佛牵着一匹不听话的马儿到湖畔般，最终还是来到建筑物前，终于硬着头皮通过入口，用原子笔在手掌心上写下数字，一层一层往上爬。

翌日早晨上班时，科长站在我的座位前，愣愣地注视着空荡荡的书桌。他若有所思地维持好一段时间，就连我进办公室也没察觉，直到我刻意大声向他打了招呼，他才猛然转过头。

"小律，你来啦？"

"对不起，我迟到了，早上起得太晚了，真抱歉。"

"没关系，难免嘛，工作超过一年了，这还是第一次呢。我正在想你是不是不来上班了，因为有人就是这样，某天一声不吭就没来上班了，真是幸好啊。"

科长说在那种地方工作并不容易，很突然地称赞我很有毅力。

见我脸红，科长的一双眼睛突然闪闪发亮。他可能觉得我的内心因此掀起了一阵涟漪，他仿佛一只发现猎物的老鹰般，带着饶有兴味的表情缓缓向我靠近。

"可是，小律啊，你的手真的有去医院治疗吧？"

麻雀叽叽喳喳的叫声从不远处传入，一丝凉风从敞开的窗户流淌入内，仿佛在问候我般吹起我的发丝，接着又轻轻放下。这是个典型而美好的晴朗早晨，科长的心情看起来也比平时更加愉快。我看着科长将装有零食的商店袋子放在办公桌上的背影，蓦然心想，我每次进入建筑时所产生的恐惧，是不是和他每次进办公室时感觉到的一样？

科长一面撕开水果果冻的塑料盖，一面开口："面试的时候，我还以为小律你是个很洒脱豪迈的人呢。"

科长像是在回想遥远过往般抬起头，随即挖起果冻放入口中咀嚼。

"还有，昨天交的档案……"

我无法等科长把话说完，随即开口："啊，因为之前拍好的影像不见了，但出勤时间已经用掉了，我也不好意思再多要时间，只好等晚上下班后再去补拍。"

"要是你提早说，我可以调整时程。就像你说的，毕竟时间和灯光都有差异。不过，我不是指这件事，是觉得有哪里怪怪的。"

科长注视着我的手。

"可是，你的手还是老样子吗？到现在还没痊愈？"

我甚至还假装咧嘴笑着说手没事，含糊地说真不好意思让科长费心了。

科长继续问："小律，该不会那天在那个地方发生了什么事？"

"什么？"

我不懂科长的言下之意。

"我是指，在那栋建筑内是不是发生了什么不好的事？"

我不晓得该如何回答。

"因为太干净了。你去的时候真是如此吗？真的只有三楼像是什么事都没发生一样，收拾得干干净净？"

科长老大不高兴地噘起嘴巴，头往左右各歪斜一次。

我霎时精神全来了。

"是的，科长，您说的是三楼吧？三楼有点儿奇怪吧？我也有同感，我当时也觉得很奇怪，但那个画面不是我设计出来的。您要我说明这一点……毕竟我只是负责记录的人而已。虽然我也觉得很奇怪，但我的工作是拍摄，所以也只能照实记录。我只是按照吩咐将那个地方记录下来罢了。我是摄影师嘛，不是设计画面的导演，只能如实拍摄那个地方，别无他法……"

话说得越多，我越显得局促不安，平时是因为科长总毫不避讳地盯着我，看得令人不爽，这次却完全没有转头看向我这边，我觉得他是故意回避视线，所以开始感到不安。我再也无法忍受了，所以反复说着相同的话，音量也越来越大。

科长原本已经准备转向我这边，但又再次凝视画面。我忽然领悟到一个事实——科长有多努力避免盯着我，我也同样在避免看科长正在观看的画面。

我再也想不出要怎么更大声嚷嚷了，科长则是将没吃完的水果果冻放在办公桌上。

虽然我没有看画面，但我知道是哪里出了问题。画面中的建筑内样貌太过干净整齐了。那是个已然崩塌、遭到破坏的场所，却没有一件物品散落四处，全都规规矩矩地放在原位。壁纸已经烧焦了，桌椅却井然有序，灰烬上的碎裂瓷砖一丝不乱地排成一列，被折断的花束被搁放在破花瓶中，断裂的桌脚并排放在沙发上。

不管是谁见了，都可以一眼看出有人在拍摄前做了整理。

我会将那个晚上做的事情说出来，我对那件事没有丝毫羞愧之意。任何人都有多管闲事的时候，若去除有违事理这点，这不过是很平常的状况。我认为，这只是大家都会碰到，并且试着想解决的一般情况罢了。

我的确整理过三楼。

当然，一开始我并没有那种想法。起初我发现了夹在倒下的沙发靠枕之间的衣角，将它抽出后，裙子也跟着出现。我心想，没有必要拍那件裙子，反正又不是这个地方的一切事物都需要数据化。某些东西被排除，只有某些事物被选择。可是，有必要将那件裙子记录在画面里吗？我认为裙子的主人不会希望如此，而且就算排除它，也不会对这项作业造成任何问题，所以我将夹在抱枕之间的那件裙子放入相机包里。

可是,将裙子抽出后,我又在桌上看到貌似属于同一人的帽子。我心想,既然裙子都藏起来了,让帽子出现在画面上又有什么用,于是又将帽子放入包包。然后,我又觉得裂开的下垂的窗帘让整个画面变得很诡异,因此打上合适的褶子折好窗帘,用掉落在地板上的电线绑起来。我将倒下的沙发立起,因为觉得这样看起来会比较协调。反正沙发已经破烂不堪,就算它没有翻倒在地上,也不会对传达情况造成任何问题。在这之后,我将桌面上的玻璃碎片收集起来并丢到垃圾桶里,同时也清掉了散落一地的垃圾。事情一件接一件进行着,我并没有什么特定的意图,就这样把三楼凌乱不堪的物品整理得井然有序。

当然,我并不是被派去整理现场的,我要做的是用影像记录下现场的样貌。或许可以说,万一发现什么可疑之处,我的工作就是原封不动地将它记录在画面里。但我无法这么做,为了记录现场的样貌,我必须先将那个地方做一次整理。

当时我的脑海中只有一个想法——让一切回归原位。

在将房间清空之后,我已近乎虚脱,但我尽可能让那间房子恢复先前的样貌，而努力的成果呈现在眼前时，我明白了自己是真心想做这件事。虽然觉得自己随时都会昏厥，但我总算松了一口气，这时才举起了相机。

拍完照片后，我又莫名感到不舒服，心脏狂跳不已，要我多巡视一下周围，告诉我某个地方还有物品易位了。

我按着膝盖站起来，从房间的出入口开始，以顺时针的方向缓缓绕了一圈，开始寻找被放错位置的那个东西——不停唆使我的心脏的那样物品。但是三楼现在已经很完美了，能够移动的一切物品均被放回了原位，再也没有什么东西能经由我的手变得更好。此时我迫切想离开这栋建筑物，体力已经严重透支，仿佛下一秒就会虚脱倒下。

我打开包包，打算放入相机时，看到了装在里头的裙子。如果想将相机放进去，就必须将那些衣物丢在某个地方。我先取出裙子和帽子，接着将它们放入垃圾桶里。在我正要将相机装进包包时，心脏又开始怦怦跳个不停，大叫着有某个地方不对劲，东西没有被放在原位。

我低下头看着握住相机的手，用绷带缠绕的右手。

我放下相机，开始解开绷带。我的右手，它分明长在我的身上，却再也不属于我。拿着相机的手见不到那些宛如小动物排泄物痕迹的褐色斑点,这并不是患了湿疹的手,不是我那有着多处疤痕和伤口、被熏黑的手,而是白皙光滑、没有半点儿伤口、指甲被修剪得很短、手指很粗的一只手。它要比我的手长三厘米,指节粗大的手指也和我的天差地别。

我的手应当所在之处,却错置了他人的手。

这是某个男人的手。

虽然我不知那男人是谁,但他的手接在我的手腕上,有了自己的生命,兀自移动着。

作家笔记

　　认识女性主义之后，我活得要比先前自由许多，再也不需要穿着无法畅快呼吸的内衣，再也不觉得体毛有碍观瞻，在公共场合拿出卫生棉时也不会感到丢脸。身为受害者的我，不再怀有罪恶感，或为此感到痛苦，在对方怪我太敏感时，也有了向对方表达自己不快的勇气。

　　但另一方面，我又感到不自由。我害怕自己体内嫌恶女性的部分会不由自主地蹦出来。我虽身为一名女性，但也曾贬低或侮辱女性，以男性的目光来衡量自己，认同违背自己性别认同的文化。

　　在写这篇小说时，我同样感受到相似的恐惧。我担心冠上"女性主义"之名的这篇小说会不会有哪个地方出了差错，就好像我身上某个受到污染，却不愿接受的部分会被他人发现一样。

　　哪怕只能跨出一步，我带着战胜恐惧、向前迈进的意志写下这篇小说。我希望，有时更习惯用男性目光看待世界的我，以男性的口吻诉说世界的我，能够最先获得解放。

异乡人

孙宝渼손보미
©Son Bo Mi

　　1980年生于首尔。2009年获《21世纪文学》新人奖，2011年以短篇小说《毛毯》入选《东亚日报》新春文艺，正式踏入文坛。曾连续4届（第3至第6届）荣获青年作家奖、第46届《韩国日报》文学奖、第21届金俊成文学奖。著有短篇小说集《让他们跳一支林迪舞》、长篇小说 *Dear Ralph Lauren*（暂译为《亲爱的拉尔夫·劳伦》）。

走在那条路上时,她一次也没有眨眼,因为她想尽可能去感受眼前的一切。她的前方有数百棵扁柏,高耸入云,足有成人身高的十倍。尽管互相交叠的枝叶遮掩了天空,光线仍从缝隙四处洒落,若是驻足仰头,就能从树叶之间看到稀疏的蓝天与飘动的云朵。完美的色泽。瞬间,咬紧牙关的双唇间逸出苦涩的笑容。她再度迈开步伐,内心比任何人都清楚,如果继续走下去会遇上何种风景。

　　在森林的尽头,视野所及的只有空荡荡的悬崖峭壁,仿佛某个人漫不经心地将世界给截断了。风儿一副满不在乎的样子,没有丝毫动静。

　　当然是这样啦……她站在悬崖边缘往下眺望,顿时一阵天旋地转。她下定决心,在跳下的那一刻绝对不会闭上眼睛。

将她从睡梦中唤醒的是一阵敲门声。尽管那声音响亮得仿佛足以敲碎整栋建筑物，但并不粗暴。在她的双眼还没完全睁开，硬是吞咽口水好让自己清醒的时候，那敲门声也没有停止。

"哪个疯子啊？是打算把住这里的人全部叫醒吗？！"最后是隔壁的女人出来大吼。

"如果是正常人的话，这时间早该醒咯，夫人。"他的手没有停下敲门的动作，还不紧不慢地回嘴。

"真是快把人搞疯了。"她用手撩了撩凌乱的长发，自言自语。

她打开门，朝隔壁的女人耸耸肩，对方举起中指在她面前晃了晃。她并不是什么坏女人，只不过是睡眠不足罢了。

她的家闷热、阴暗得令人难以置信，他才刚把百叶窗往上拉，她又再次放了下来。他将百叶窗叶片的角度稍微拉开一些，光线趁隙照了进来，在客厅里形成了一条长长的光带。他一面擦拭汗水，一面静静环视她的家，以敲门取代按门铃的鲁莽已消失得无影无踪，整个人恢复沉稳。偌大的长条形工作室，墙壁上四处都是裂缝，左侧末端有个小小的厨房,家具就只有一张床垫。对于以一张床垫就能四处为家的人来说,空间不免太过宽敞。

她原本想问他这次是如何找到自己的,最后又打消了念头。

两年前,她在众媒体的炮火攻击下,不得不从调查局下台,"充满耻辱地退场""高压搜查的末路?"这些都还算是比较不毒舌的标题。虽然最后以停职六个月收尾,但她没有再回到工作岗位,而是搬到城市西边,丢掉了所有家具,只带了一张床垫。她知道搜查一局的人都在打赌她晚上睡得好不好、是否成日酗酒。搬家满一周时,他找上门并告诉她这些事。他说,自己花了点儿钱,使了点儿违法手段才找到她。

"其他前辈认为你是自食恶果。"

她并没有笑。

"所以,请你回答我。"

"我没有失眠,也没有喝酒。"

"这是件好事。"见她没有任何回应,他再度开口,"现在前辈也该回来了,那并不是前辈的错,只是碰巧发生了那种事而已。"

她一脸无所谓的表情:"别再来找我。"

几天后,他双手提着装满调理食品、切好的水果、巧克力和果冻的袋子来找她。她在他面前将整个袋子塞进垃圾桶。再之后,他拿着凶杀案的档案跑来,她则当场将档案撕成碎片,所有动作都是以慢动作完成的。

他以无名指挠了挠眉骨:"我就知道会这样,所以我带的是复印件。"

第四次找上门时,她已经搬到其他地方,他依然找到了她的住处,两手提着装满食物的袋子和新的案件档案复印件,再次按下她家的门铃。她没有替他开门,过了半个月后再度搬家,而他也同样……这个你追我跑的模式就这样持续了几乎一年,直到半年前,他似乎总算放弃要找到她。

还以为这幼稚的捉迷藏就此结束了呢,她双手交叉于胸前,倚靠墙面看着他,心想。

他有着一双浓眉,手掌格外宽大,夏季的紫红色衬衫凸显出他宽阔而瘦削的肩线,而他的眼眸——通常看起来很纯真,只有偶尔像是能看穿人心似的——是褐色的。他将案件档案递给她,表现得好像是应她要求似的。她则将他当成隐形人,径自走到窗户旁,以食指和中指拉开两片百叶窗，直射的光线令她头晕目眩。都还没到中午，整个城市已在热气的包围之下摇曳着，就连一只小猫也不见踪影。一名乞丐坐在阴凉处乞讨。

"他是在白费力气。"她喃喃自语。

"你看一下吧。"

"这是违法的。"

"调查局的人才数据库还有前辈你的名字。"他看着她的背影说道。

她似乎比先前更憔悴了，眼神暗沉，皮肤犹如灰泥般苍白。

有什么问题吗？问题？怎么可能没有？两年前，那名女子从屋顶坠楼身亡，而男人也在一周后以相同的方式死在相同的地方。女人当时芳龄二十，男人正值二十一岁。

他取出插在档案盒内的照片，拿到她面前。她顿时觉得有许多颜色在眼前被碾碎，自己好像快要吐了。记得以前第一次到现场时，只有她连眼睛都没有眨一下。

"你，对尸体有很强的免疫力嘛。"随时身穿意大利定制西装、白发苍苍的局长说。

过不了多久，大家就发现她的搜查能力和对尸体的免疫力一样卓越出色。

"她是个直觉很敏锐的人。"这也是局长对她的评价。

此时在她眼前晃动的照片还称不上多残忍,二十五岁左右的女人穿着塑料袍,双手合掌放于胸前,头部转向侧边。她的左脚往外拐,袍子则被卷至大腿上方,瞪大、凸出的双眼周围有瘀血,脖子似乎被勒过。

他将照片再次放入档案盒:"是在东区发现的。"

以在东区发现的尸体来说,这具尸体干净得令人诧异,而且竟然是窒息而死。在那一区杀人只要扣一下扳机就能解决了,接下来发生的事都不过是场游戏。他站在窗边,又调整了百叶窗的角度,房间内部再次变得幽暗,就像他刚进来时一样。

"没有半点儿反抗的痕迹,完全无法掌握死者身份,家人也没有出现,可是⋯⋯"

她丝毫不感兴趣般,没有任何响应。

他继续说:"在那女人的小指尾端发现了S,就像那时候。"

"S?"

"Skipion。目前只有我手上有报告。"

她低下头,单手按住额头,发丝滑落,遮掩住半张脸孔。他默不作声地等待着。最后,她朝他走去。

"你打错如意算盘了。"她用低沉的嗓音吐出字句,"回去吧,再也别出现在我眼前。"

他将档案搁在床垫上。他走到外头街上时,她打开了窗户,将档案丢到他身上,仿佛那东西会玷污自己身处空间的空气。

四天后,她打了一通电话给他。她手上没有任何通信设备,只能向隔壁的女人借用电话。所以说隔壁的不是什么坏女人,只不过睡眠不足时稍微具有攻击性罢了。听到电话拨通的讯号声时,她打从胃底部涌上了一股酸味。

两年前那女人的死因是坠楼,这是千真万确的。无人去理会那女人的小指上留有任何化学物的痕迹,发现这件事的是他,没有人察觉的细微部分,他却在看到尸体的第一眼时就发现了。他采集了粉末并加以保管,然后向她报告,但问题就出在报告书上写着无法分析出该粉末的成分。

是未登记的化学物吗？这不可能。局长称之为"Skipion"，但她不懂为什么，也不晓得那是什么意思。男人的葬礼结束后，他的母亲——身形高挑、戴全黑蕾丝手套的女人——暗地见了调查局长，就在翌日，局长将报告书和相关资料从服务器上删除，并把纸本报告收进办公桌最底部的抽屉里，用锁锁上，甚至不让任何人看那个男人的遗书。

"最好还是别把事情闹大，警卫[1]，我有义务保护我们的人。"身穿意大利西装的时髦局长如此说道。

他的分机号码一如既往。

他模仿着她先前说过的话："你打错如意算盘了。"

他总是这样，老爱开一些无聊的玩笑，打从五年前被分派成为她的搭档时就是这个调调。她暗自思忖着，是否能用无聊的玩笑来形容自己度过的这四天，不，也许该说是过去的两年，又或者自己的整个人生……她可以一如往常般不将他的话放在心上，也可以再度搬家，那并不是什么难事。

"Skipion"是什么，他也几乎一无所知，他唯一知道的

---

1 韩国警察的职称。

就只有自己被隔绝在所有与Skipion相关的情报之外。尽管如此,他仍察觉到这个关键词是一把万能钥匙。挂上电话后,她忍不住干呕了好几次,隔壁的女人像是能感同身受般摇了摇头,拿了一杯冰水给她。

一小时后,为了去一趟快餐店,她穿着棉质衬衫与休闲裤上街,还戴上了墨镜。这都是因为直射的光线的缘故,反胃和眩晕她还都能忍受,但怎样都无法忍受直射的光线。

快餐店内有两个穿着性感睡衣的女人坐在吧台前说话,一个短发,另一个则留着男生头,她们身形瘦骨嶙峋,简直要怀疑她们是否患了厌食症。她知道这些女人的任务是什么。

短发女人说:"你知道那孩子最后是在哪里工作吗?"

男生头的女人摇摇头。

"Reden。"

男生头的女人露出大吃一惊的表情说:"天啊,那孩子在那里工作?怎么会?"

她快速转头看了一下那两个女人。

在这座城市里,没有人不知道"Reden"。它是K持有的制药公司,几年前,城市里大肆流传着"为了开发能够合法服用的精神科药物，Reden向有力人士请愿"的风声。尽管如今大家几乎都忘了曾经有过那样的传闻，但总之K对各个领域均有涉猎。K所持有的公司人才济济，多的是绝顶聪明的精英，而在这座城市流通的货币中，有一半与K有着密切关联。

将胡须留成马尾模样的老板将两个盒子递给两个女人后，走过来将松饼盘递给她，打了声招呼。无限供应的松饼已经变得湿软，但她从未将松饼放入口中。咖啡喝起来有种抹布的味道，杯子上有缺口，空调也像没有在运转一样。尽管如此，对于方才身穿性感睡衣的女人们来说，这里等于是个救赎之地。当然，对我来说也是如此。就在她这么想着的时候，他走了过来。

"你是怎么知道这种地方的？"

看到他后，她忍不住笑了，是对自己的冷笑。她不知道自己到底想走到什么地步。他从背包中拿出档案、西格绍尔手枪和手机，推到她面前。她朝吧台方向望去，老板正在和刚进来的男人们说话。

"这是用我的名义开通的电话，费用由我来交，不用担心。"

尽管她将手机放入口袋，却只是静静注视着西格绍尔手枪。那是她的枪,虽然两年前就归还了,但她还能认出那是自己的枪。

"我不需要枪。"

"它一直放在枪械管理室,因为前辈你从未正式离职。"

她一时露出被击中要害的表情,但幸亏他并没有看见。

"你别误会了。"她一脸烦躁,将手枪掖在腰间。

他以不明所以的表情凝视着她,无辜地眨着眼睛。

"我不会回去的。"

走着瞧吧。这句话已经到了他的嘴边,但又吞了下去。

"吃个晚餐吧?"

她将手举高过头,招了招手,走到一半又停下来,视线转到贴在墙上的旧式电视上。电视上在讨论有关人造雨的话题,全都是些老调重弹的论调,接着开始播放广告,可乐广告后出现了赌博、大麻及增强现实(AR)自杀等各种成瘾防治的倡导。

身穿俗气绿色套装的女人说:"增强现实自杀成瘾会导致严重副作用,购买保健部未核准的增强现实自杀产品是严重的违法行为。"画面跳转,身穿西装的一群人再度激烈讨论起有关都市天气的话题。城市正在逐渐枯竭。她感受着腰间手枪沉甸甸的重量,如此想道。究竟我打算去哪里?她对自己渴求之处心知肚明,那是通往森林深处的一条小径,要是一路走下去,就能抵达悬崖峭壁。

从翌日开始,他们开始调查死去女人的身份。他每天早上都会跑来叫醒她,但没有像个非法分子一样猛力敲门,而是宛如绅士般有礼貌地按电铃。

听到门铃声后,她会把随意摆在枕边的VR(虚拟现实)眼镜藏到枕头下,拿起前晚读到一半的档案。她经常会在由他驾驶的车内再次细看档案,"未检测出精液,未检测出精神科药物,未检测出酒精,死亡四十八小时前有生育迹象。"怎么会有生育迹象?那么孩子在哪里?上面的人毫不在乎这件事,那一区多的是那种女人、那种男人、那种尸体。无论他们临死前是饱受药物折磨,还是酒精成瘾,甚至生下孩子,都没有人会对此表示关心。他们是连数据库内都未登记的族群。

直到几年前,这个族群还只是非法移民,但自从五六年前开始,住在都市暗巷的人以死者的身份活在世上的现象渐趋频繁。娼妓、黑道分子或大麻成瘾者,他们过着生不如死的生活,但死后也无法一了百了。想要找到线索,就需要两个要件——耐心与怀疑。一直都是如此。

"有可能将痕迹抹除得如此干净吗?"

到了第十五天,他们走进东区的酒吧,各自喝了一杯啤酒。自从她离开调查局以来,这是两人第一次一块喝酒。

"肯定是两者之一吧,那个女人不是这边的人,又或者背后有个可怕到大家必须三缄其口的人物。"她漫不经心地将整瓶啤酒举起,大口灌下。

他们几乎跑遍东区所有的酒吧和城市里所有的医院,把无照的医生当成最后机会大肆搜查。

"她生前怀有身孕。"这句话他重复了不下百遍,每当他的口腔构造在炽热的空气中重复相同的句子时,他都会觉得自己变得越来越不正常。每次经过开阔的空地时,她都会调整一下墨镜。他知道她的耐心多少出现了动摇,而她的怀疑也日渐加深。好像有哪里变得不一样了,虽然脑海中出现了某些想法,但他中断了思绪。

在酒吧内喝啤酒的人只有他们,大部分的人都在沉默中饮着烈酒。他快速瞄了他们一眼,电视上连续播放了几部MV。有人切换了频道,画面上出现戴黑蕾丝手套的女人。不用看也知道,女人正在讲人造雨的话题。天气都热成这样了,她还是不肯放弃手套啊。她如此想道。

她还记得戴黑手套女人的声音。"是你杀了我儿子。"两年前,那女人这样对她说。

"那个人不是国会议员吗?不久前还来找过局长。"

她敷衍地点点头。那个女人是痛失爱子的政治人物,也是严格公正地接受了国家机关过失的母亲,她在去年成功连任。他将花生咬得嘎吱作响,她偷偷瞄了他一眼,看到他那没有修整的胡须、憔悴的双眼,不禁想着,我们两人同框的画面肯定很可观。

这时他开口:"我听说整个城市在一个月内足有十五人失踪的消息,所以不久前去了负责失踪案件的部门一趟,我心想,说不定有人将我们追查的女人申报为失踪人口,但是没有。要不要向局长提有关字母S的事?"

"这似乎不是什么好主意。"

他似乎看起来很失望。

"那女人生下的孩子究竟在哪儿?孩子的父亲又是谁呢?"

孩子的父亲,她倒是没想到这点,也许孩子的父亲正是整起事件的关键,让大家都保持缄默的那种人。但是为什么要这样做?为什么要抹去孩子母亲的所有痕迹?

Skipion呢？跟它有什么关系吗？

"如今我们没有方向了。"她坐在返回家中的车内宣布。

她依旧戴着墨镜望向窗外，被黑色镜片隔绝的路灯光线进入了她的视线范围，接着又再度远去。

"先让脑袋冷静几天，再想办法吧。"

"别无他法了。"

"我会给你冰块，帮助你冷静。"

她"扑哧"笑了出来。他认为她一定是遗漏了什么，因为她的想法总是领先自己十步……但一切不如从前了。她也深知这点，自己的大脑正逐渐习惯会引发错觉、欺骗大脑的事物。

她努力坐直身子，说："我们被困在死胡同了。"

"一定会有越过围墙的方法，我们会找到的。"

说完这句话后，直到抵达前，他都像在生气般紧闭嘴唇。她不懂他为什么要如此锲而不舍。稍后，她下了车。他凝视着她，而她很讨厌他那种眼神。

"前辈认为我一无所知吧？"

炽热的空气在夜晚的城市里四处飘浮，她没有向他道别，就径自缓缓走进房子。一脱离他的视线范围，她随即将两格楼梯并作一格往上爬,接着在自己家门前拿下墨镜,调整紊乱的呼吸。

家里有人。

白发男子驻足在拉起的百叶窗前看着她,身穿西装、皮鞋、衬衫,以及意大利量身定做的夹克,系着领带,整个人大汗涔涔。但哪怕只是要他脱下一件衣服,都像是会伤及自尊似的,他只是静静站着不动。

"好久不见了,警卫。"

这两年来,局长没有半点儿改变,仿佛时间被冻结了,而他只是从那儿轻轻地跨越了一步。该死。她先确认VR眼镜没有露出马脚,接着坐在床垫上,暗自祈求自己看起来不会像是青春期的叛逆少女。

局长走过来,俯视着她:"你最近都在做什么?"

她老实回答:"在调查死去女人的身份。"

"我很好奇你为什么要做这种事。"

她从床垫上站起来,与局长平视:"我想让她回到家人身边。"

"一派胡言。"局长终于用食指小心翼翼地揩去额头上凝结的汗水,"调查局已经在一周前终结案件了。"

"啊。"她深吸一口气,接着吐了出来。

尸体想必已经被送到医学院去给学生上解剖学课用了吧。很奇怪,尽管她始终认为这起死亡案件与自己无关,那一刻却有种自己惨遭乱刀砍杀、身受重伤的感觉,同时萌生出强烈的自我厌恶感。

"只能到此为止了,我是来警告你的。"

"这是我的荣幸。"她语气充满挖苦。

"把我的话听清楚了,仔细想想我持续付你薪水的原因。"

"您言下之意,是为了不让我去挖掘东区尸体的真相,才给我钱的吗?"

局长用冷峻的眼神盯着她:"现在才想扮演善良的警察吗?真可笑。"

留下这番话后,局长朝大门走去,接着像是想起什么似的又朝她走过来,从她腰间取出西格绍尔手枪,用准星轻轻敲了她的脸颊两次。她握住准星处,怒视局长。局长将手枪放入自己的口袋,离开了她家。局长前脚刚跨出门,她随即将脸埋进洗手槽大吐特吐。她用手抹了抹嘴角，竭力想甩掉某些东西。她想起两年前犯下的失误。天啊，有这种想法是很危险的。视神经仿佛突然遭到攻击般，眼前的景象变得扭曲，呼吸也跟着急促起来。

"不要紧的。"她用双手包覆住脸庞，持续安抚自己，就连是什么事不要紧也不晓得。最后，她终于投降了。

整夜未合眼的她先是坐在床垫上，接着将手上的VR眼镜扔到床垫上，站起身，从抽屉里取出柯尔特手枪并掖进腰间。那是六连发的左轮手枪，原本只是当成古董收藏的，但西格绍尔手枪被局长拿走了，也没别的办法。

她坐上自己停在建筑物后方的旧型雪佛兰。这是她两年来第一次握方向盘，她不晓得自己打算做什么，又为什么想那样做，只是驱车前往北区。车子在干线道路上奔驰，经过岔路口，爬到山坡上方，然后出现了典型的富豪氛围浓厚的小区。她将车子停靠在威严十足的褐色大门对面静候着。才早上七点，烈阳就已笼罩了整座城市的所有空间，蝉鸣也响个不停。清晰响亮的知了声令她感到烦躁，她皱起眉头，戴上墨镜。七点半左右，戴黑蕾丝手套的国会议员走出门外，女人搭乘的汽车一移动，她也随即发动汽车。

国会议员一天的行程很简单,在饭店简单用过早餐后前往办公室,下午则大抵将时间拿来见各方人士,这几天连续会晤的人多半是环保团体人士、气象顾问公司的人员和请愿人士。那个女人为何要一天到晚在电视节目上谈人造雨的话题,理由再明显不过了,其中肯定有巨额的黑钱往来吧,但这与那名死去的女人有何关联?她虽然拍下了照片,却不知道自己何以这样做。此时是否有什么事正在发生?

戴黑蕾丝手套的国会议员得到了她想要的结果。

四天后,城市开始下起倾盆大雨,大家在电视上议论纷纷,说这还是第一次降下大范围的人造雨。她愣愣地拉起百叶窗,看着雨水不间断地滴落在因步道龟裂所生成的水洼里,而乞丐铺了一席座位坐在屋檐下。

"今天他又要白费力气了呢。"在她嘀咕的同时,听见了门铃响起的声音。门外不见任何人影。她打开掉落在脚底下折了四次的纸张。

——第一个。

她将纸条揉成一团,再次望向窗外,仿佛一切都会被水冲走似的,但是一如往常,这件事没有实现。

隔天,她看着东区新发现的尸体,对他说:"死者要比受伤的心灵沉重,这是菲利普·马洛[1]说过的话。"

"谁?菲利普什么?"雨水滴滴答答打在雨伞上,他没听清楚。

直到抵达他在电话中所说的场所后,她才晓得那是案发现场。昔日的同事们明目张胆地以轻蔑的态度对她行注目礼,但没有人走过来口出秽言。雨滴持续敲打在死去女人的眼皮上,身穿塑料袍、双手合掌躺卧的女人,除了额头上嵌了一颗子弹,脖子上也有勒痕。

"一定发生了什么事。"她紧咬下唇。

"你说什么?"他用单侧肩膀支撑雨伞,一边努力想将叼在嘴里的香烟点着,一边反问。

他三年前就戒烟了。她认为,他的意志力开始变薄弱了。

"该死,整个人搞得像落汤鸡一样。"他小声嘟囔。

"不会发现S字的,这具尸体身上没有那种东西。"她说。

那天下午,虽然验尸报告提到了在女人身上发现的各

---

[1] 菲利普·马洛(Philip Marlowe)是在作家雷蒙·钱德勒(Raymond Chandler)多部小说中出现的虚构人物,是名私家侦探,在此之前为洛杉矶地检署的调查员。

种药物，但并没有发现不明药物。死因为枪伤，死后被勒过脖子，具有警告意味的尸体。她的脑海中短暂浮现了这句话。他们两人面对面坐在快餐店里，虽然点了咖啡，但并没有喝。他心想，就算有人拿着枪抵着他也绝对不喝，更别提那湿软的松饼了。

"我会就此收手。"她边说边将手机递给他。

他沉静地说："想想那名死去的女人吧。"

她将上半身贴近他："你才别侮辱死者。你起初就对死亡的女人或Skipion根本不感兴趣，才会连调查结束的事都只字未提。"

他的一对浓眉缓缓地扭曲变形，眼睛往下低垂。

"今天发现的女人也会落得相同下场吧？案件终结，接着被直接送往解剖学教室。"他用双手紧紧拧住自己的头发，"我至少知道自己要什么，知道自己追求的是什么。"

她用鼻子冷笑了一声："你什么都不知道。"

"那时死亡的女孩……"他硬生生将接下来的话吞回去，站起身，头也不回地走出门。

手机依旧放在原位。她将身体倚靠在沙发深处，发现自己已经超过二十四小时没有前往森林了。这一年半以来，曾经发生过这种情况吗？最近这三个月，她不到十小时就必须去森林一趟。她用双手捂住脸庞。死亡的女孩？她从来不曾先想起死去的女孩，先想到的总是男孩。即便过了两年，冲着自己微笑的那张脸仍令人无法忘怀。那孩子面露羞涩的微笑，开口时会露出整齐的齿列，下排还可看见一颗虎牙。

他带着不具任何杀伤力的友善微笑走向她，握住她的某一只手询问："为什么相信我呢？为什么相信我？您明明不曾相信过任何人，究竟为什么相信我呢？为何要犯下这种过错呢？"

她想说些什么，却怎样都开不了口。

"您知道真正应该思索的是什么吗？知道真正应该珍藏的是什么吗？"男孩说。

"我想坠落，"她想这么说，"我想要坠落，而不是想死，你懂吗？"

她扑簌簌地流下泪水。这时有人摇醒了她，是快餐店的老板。她摸了摸自己的脸颊，但并没有任何泪痕。老板将折叠的纸条递给她，是张折了四次的纸条。

"刚才走出去的人要我交给你。"

上头写着——问题：第二幕话剧会上演吗？

她猛然起身跑了出去。街道悄然无声，仿佛被黑暗给吞噬了。她站在马路中央，双手按着两颊思索，有时受伤的心灵要比死者更沉重。

穿过扁柏森林时，她一次也没有眨眼。在些微幽暗的森林小径上，随处有刺眼的光线洒落。她暂时停下脚步，抬起头，从树叶的缝隙间望见蓝天与云朵的变幻、位移。那是拥有完美色泽的天空与云朵，如今就算看到这番景象，她也不会再露出苦涩的笑容了。

她再度迈开步伐，终于来到森林末端，出现一望无际的草坪。顺着草坪走下去，在小路的尽头处即是悬崖峭壁。悬崖后方是无边无际的虚空。她俯视下方，不由得一阵头晕目眩，感觉自己就快吐了。她非常了解坠落是什么感觉，因为已经重复了数百次。只要让双脚悬空，登峰造极的恐惧就会包覆住她的全身，肌肉仿佛快被撕裂，还有一种违反地心引力的感觉。她很清楚，这是大脑出了差错。尽管只是非常短暂的刹那,但她到最后总会紧紧闭上眼睛,因为实在太恐怖了。虽然她每次都暗自祈祷不要闭眼,最后总以相同方式收场。

这一次,她仍站在那前面调整呼吸,对自己低喃:"千万别闭上眼睛,仔细看好你的眼前出现了什么景象。"她将一只脚往前踩,另一脚也同样站到空中。

好奇怪,有只坚实稳固的手,有人抓住了她的手臂。

"我的天啊。"她喃喃自语,戴在头上的VR眼镜被摘了下来。她还来不及从冲击感中恢复就冲到洗手台前呕吐,连胃液都呕了出来,眩晕与呕吐的症状迟迟难以消散。

他只是静静地凝视着她。

"干脆把那该死的玄关大门拆掉算了。"她回避他的视线说道。

居然只能吐出这种无聊透顶的玩笑话,这可不是我平常的路线啊。她心想。

"这⋯⋯是前辈你想要的吗?"

她沉默了一会儿。

"对,该死,这就是我想要的。我还能期望什么?我还能期望拥有什么样的生活?"她走到他面前,用食指用力按压他的胸膛，同时暗自祈祷自己不会流露出任何情感。

他靠了过来，说："为什么不离开这个城市？假如当真无心回到调查局，假如打算就此放弃那件事，就应该跑到没人找得到的地方啊。但是前辈你总是待在这里、待在这座城市。前辈，你要的究竟是什么？想寻死吗？在那座虚拟森林里？"

"不，"她心想，"我只是想坠落而已，并不想死。我想感受活下去的心情，期望我不会背叛自己。"

"你明知道调查局那些王八蛋有多厌恶我，今天还叫我到案发现场，这不是很可笑吗？不过，你知道最令人不爽的是什么吗？——就是你，你最让我不爽，表现得好像什么事都没发生过的你最让人不爽。"

他垂下头，她则用手指握住他的下颌，好让他无法避开自己的眼睛。她凑近他的脸说话，他的褐色瞳孔出现了剧烈的晃动。

"你只不过是个长得帅的毛头小子。"

四天后，第一次的人造雨停了。在他离开后，她拜托快餐店的老板帮忙，另外买了一辆中古车，在下雨的四天期间几乎只待在车里生活。

人造雨一停止，直射的光线又再度折磨她。她用双手握着方向盘，将下巴靠在手背上，定睛注视着巨大的褐色大门那侧。都快中午了，依然不见戴黑蕾丝手套的国会议员走出家门。她开始觉得腰痛，头痛的症状也越来越严重。止痛药老早就起不了作用了，声音在她的脑中彻底碎裂开来。有时她还会感到混淆，自己听到的到底是不是真正的声音，中枢神经系统肯定出了什么问题。

宛如钢筋般钝重的车库大门开启了，驶出的是第一次见到的车子，路虎揽胜极光（Range Rover Evoque）。这是她第一次见到国会议员亲自驾车，国会议员依然戴着每次必定会戴的黑蕾丝手套。她尾随那辆车驶下山坡，经过铺有柏油的平整道路和有华丽建筑与商店林立的商业区后，高级大厦林立的住宅区出现了。建筑物逐渐变矮，接着再度攀高。

路虎在外环道路上奔驰，经过了长长的隧道。那个女人正朝东区前进。究竟为什么？在东区开了好一会儿后，车子才停下来。她停车的地方已经停有一辆奥迪与劳斯莱斯。国会议员慎重地下了车,走进大楼。她降下车窗,将头伸到外头瞅了建筑一眼,接着将车窗彻底关上。那是一栋窗户多到不可胜数的偌大的橘黄色建筑,似乎已有百年历史,看似仿造罗马式建筑,其实只是水平粗劣的赝品罢了。她心想,看来在黑蕾丝手套国会议员眼中,大就是美。

她的耐性已经消耗殆尽,开始盯着大楼入口。他整整三天都没有联络。该死,脑中老是浮现他在最后一刻的眼眸——他的褐色眼眸,剧烈晃动的眼眸。握住他的下颌,让他看着自己的脸明明是为了侮辱他,最后备感侮辱的人却是她自己。真是太可笑了,根本没必要回想起这种事,只要像过去一样生活就行了。如今他应该也回到自己的岗位上了。为了促进医学发展,想必第二具尸体也已迎接"第二次"的死亡。明明一切都结束了,我还在这里做什么呢?

他曾向她说:"至少我知道自己要什么。"她的内心突然有种奇怪的感觉,不对,不是感觉,而是实际发生在自己身上的事。她往下看着自己的腿,某种黏稠的紫色液体从她的脚踝慢慢渗出。她挣扎着想逃到车外,却解不开安全带,喉头发不出任何声音,仿佛置身于水中般,耳朵被塞住，也无法呼吸。她用尽全身力气拿起放在仪表板上的手机，按下唯一储存的号码。电话讯号音响起，接着传来某个人的嗓音。她将头转向旁边，发现那个男孩坐在副驾驶座上。

那孩子问她："需要我抓住您吗？"

"啊！"她倒吸一口气，睁开眼睛，开始咳个不停。她将掉落在车内地板上的手机捡起并收进口袋，全身已被汗水浸湿。她已经记不得有多久没有流这么多汗了。

路虎已经不见踪影。啊，糟了，我怎么睡着了？这种事还是第一遭，我大概也快玩完了吧。目前还剩下两辆车。约莫在半小时后，身穿西装的两名男子和同样穿着西装的女子走了出来，两名男子搭上劳斯莱斯，女子则坐上了奥迪。

她认出搭上劳斯莱斯的其中一名男子，是K，在这个城市中无人不晓的大人物。他戴着一顶大礼帽，身穿腰线恰到好处的三扣夹克、覆盖到脚踝正上方的长裤，脚穿豆豆鞋。这城市里的时髦人士真是多到不可胜数啊。她回想起先前在快餐店里偷听到那两名瘦得皮包骨的女人的对话。

"你知道那孩子最后是在哪里工作吗？听说是Reden。"

还有他说过的话："听说整个城市一个月内足有十五人

失踪。"

直到那些人的车辆都不见踪影,她的车依然停在那儿。

一定发生了什么事。K,K的制药公司、戴手套的国会议员、失踪的人们、人造雨、在东区发现的两具女尸——死前有生产迹象,但药物反应只出现Skipion的女人,以及出现各种药物反应,却没有生产和Skipion药物反应的女人。出生的孩子在哪儿呢?为何第一具尸体会干净得没有半点儿线索?这一切具有何种关联呢?这是一种臆测吗?

Skipion,两年前虽然在女孩身上发现了Skipion,但男孩身上并未发现。这些人之所以杀人灭口,只是想要造成某个人的不快,对某个人造成伤害,令某个人感到害怕……不,不该只是基于这种理由吧,这件事才是杀人的关键。

她下了车,动作似乎受到刚才做梦的影响,显得很不自然,所有感觉栩栩如生,生动到令人反胃。鞋子接触到地面时的触感、在各区流转的死亡气味、乌鸦的叫声、树叶在风的吹拂下摇曳的声响……她驻足了一会儿,确认掖在腰间的手枪后,走进大楼。

大楼内几乎每一扇窗户都拉上了窗帘,穿透窗帘的微弱光线掌控着大楼内部。她摘下墨镜,将贴在后颈上的发丝绑成一束。天花板很高,极为宽敞的大厅内侧有柜台,虽然地板肮脏污秽,她还踩到了碎玻璃之类的东西,柜台上却一尘不染。

柜台后方两侧有宏伟壮观、互相对称的螺旋状阶梯,上方结合成宛如阳台般的圆形空间,与阶梯相连的白色栏杆雕有莲花纹饰。她沿着右边的阶梯走到二楼,阶梯上铺有绸缎,所以听不见她的脚步声。背对阳台的栏杆,西面的两侧是成排门扉紧闭的房间,一边各有十个,总共二十个房间,尽头处则有通往三楼的阶梯。地面铺有红地毯,墙壁则裱糊上白色的丝绸壁纸,一切显得非常干净利落。

她将身子紧贴着墙面站立,用食指扣着左轮手枪的扳机,打开左侧第一个房间的门。房间里空荡荡的,没有半个人,甚至连窗户和尘埃都没有。右侧房间虽有窗户,但窗帘完全被拉上了;左侧房间的壁纸一律为黄色,右侧房间的壁纸则均为靛色。在将二楼所有房间都几乎检视完毕时,她听见有车子驶入的声音,但从右侧房间的窗户看不到。她爬到三楼,小心翼翼地避免发出声音。

排除所有窗户都装上白色窗帘这点,三楼和二楼截然不同。三楼更加伸手不见五指，完全处于弃置状态。偌大的空地四处立有水泥柱，碎裂的大理石散落一地，烟蒂和针筒被随处丢弃，电线卷线器也扔得到处都是。她隐身在水泥柱后方。啊，忘了带子弹，里头装了几发子弹呢？竟然到这节骨眼儿才想起这件事，她不禁感到惊慌失措。

此时风从右侧敞开的窗户吹了进来，挂在各处窗户上的窗帘飘舞着，光线也乘隙从其间照入。麻雀叽叽喳喳的声音挑动了她的神经。她闭上眼睛，捂住耳朵。此时有人抓住她的手臂，受到惊吓的她反射性地转过头——是他。一切变得混沌杂乱。这时她才发现，原来自己真的打了电话，而不是在梦中。

"没事吧？"他问。

他所认识的她是绝对不会有这种破绽的。不管去哪里，她总会更快找到他，也总是反过来保护他。有一群人正往这边跑来，他身手矫捷地移动到与她距离约十米的水泥柱后方。

原来第二幕说的就是这里啊，原来开启舞台按钮的人就是我自己啊。她这么想着。她应该要确认子弹装了几发，手却不听使唤，头也疼得要命。为了确认来了有多少人,他稍微探头出去,随即又躲回来。瞬间有多发子弹飞过来,划过他的脸颊。他快速拭去血迹,仿佛这种事只是家常便饭,接着朝她的方向望去,将右手张开,并将另一只手举高。

她用手势询问他是否持有手枪,他点点头。双方就这样暂时停留在沉默中,没有人轻率地展开行动。这些人想要的是什么?要置我于死地吗?究竟为什么?她知道自己从来都不曾冀求死亡。麻雀开始叽叽喳喳个不停。她捡起自己脚下的针筒,朝对角线的方向用力投掷,躲在柱子后方的几个人举起持枪的手,她打中了其中一人的手臂。那人大叫着,手枪也掉落在地面上。接着又是一阵静默。比刚才更加强劲的风吹了进来,窗帘纷纷开始飘舞。

"掩护我,然后逃出去,知道了吧?"

她没有等他回答,径自说完后就像将一切交给命运般朝窗帘之间前进,从后方抱住剩下七名之中的一名彪形大汉,将枪抵在那人脖子上。剩下的六人把她团团围住,用手枪瞄准她。

他们不晓得他在场。她察觉自己的身体正在冒汗,发丝变得湿润,但她必须撑住。她担心手枪会因此滑掉,而墨镜老早就摘掉了。她先朝最右边的男人开枪,这时有人擦枪走火,导致她抱住的彪形大汉胸口中了枪。鲜血从彪形大汉的心脏涌出,沾湿了她的衬衫、手和脸颊。

彪形大汉已经断气,要把他拿来当挡箭牌对她来说太过吃力。我还有剩下的子弹吗?她问自己,同时大口喘气,心脏因为恐惧,因为太过恐惧,仿佛快炸开般快速跳动。她看到他正跑向某处,暗自祈祷他能平安无事地逃离此处。"真不该打给他。啊,拜托。"她在内心悄悄说着,"直接离开,拜托就这样离开!"

一切都缓速进行着,宛如电影中慢动作的画面。他将枪口瞄准打算射击她的男人。鲜血四溅,某个人倒下了,接着枪击声持续响起,又有人倒下了。其他男人击中了他的腿部,他因受到冲击而倒下,手枪也从手中掉落。男人再度将枪口瞄准他。虽然她扣下了扳机,却只发出"咔啦"声。她立即丢掉手枪,朝男人扑了上去。男人因而摔了一跤,子弹打偏,在玻璃窗上打穿了一个洞。

男人用枪托猛力朝她砸下去,她则抓到了男人的手枪。在他们翻滚到地上搏斗之际,他缓缓挪动身体,爬到手枪附近。被她压在底下的男人朝他开了枪,成为直接了结他生命的最后一枪。她豁出性命，从男人手中抢下手枪，最后朝男人腹部射击。

她使劲儿将断气的男人推开，朝他飞奔而去。在风的吹拂之下，窗帘再次同时飘舞。那是颜色近乎惨白的窗帘。我的天啊，我从来都没有想过要寻死。这时，她的眼前才浮现两年前死亡的女孩的脸。

"为什么不相信我说的话？"女孩如此说道。

我的天啊。她用双手压住他的胸膛，就连自己的右手臂已经骨折都浑然不觉。鲜血从他的胸口汩汩流出，她好痛恨自己无法区分身上沾的究竟是那些男人的血还是他的。他一直试图说话，她则要他闭上嘴巴别开口。他用尽最后的力气紧握住她的手臂，就好像那一天，她置身于增强现实自杀时，他以猛烈却不粗鲁的动作抓住了她。

几天之后，她穿着制服走出玄关门，碰见隔壁的女人。

"你，是警察啊？"隔壁女人看着她满是伤口的脸孔与打上石膏的手臂说，"哎呀，要替身体着想啊，真是的。"

隔壁女人搀扶她走下楼梯。其实没有这个必要,但她只是任由那个女人摆布。

他的葬礼在国立墓园举行,同事没有一个人让位给她。虽然其中有几人想朝地面吐口水,但担心此举有辱死者,硬是按捺了下来。光是能从远处观看他的遗照,她就该感到知足了。

警察总长发表了哀悼演说,向死者家人行礼。这是她第一次参加葬礼。两年前,那个男孩和女孩死亡时,甚至在更早之前,她父亲逝世时,她都没有参加葬礼。没有任何原因,单纯只是她个人问题。

那时在快餐店,他说知道自己追求的是什么。至少在那时候,他所企盼的是她能够回归岗位,在没有任何成瘾症状下回到调查局。她不明白为什么他如此期望。两年前,男孩也曾对她说过相同的话。

"虽然我知道您想要的是什么,却不知道何以如此。"

在他的灵柩下葬时,她用打了石膏的右手举手致敬,想到自己的动作像机器人般僵硬,不由得自我解嘲地笑了一下,流下了微量的泪水。

隔天,她才走进调查一局,几名同事便紧盯着她瞧。

她打定主意不回避那些视线,一次也没有停下脚步,径自走进局长室。调查局长依然时髦帅气。他连要她坐下的话都没说。

"我想复职。"

调查局长笑了,一副觉得她很不可理喻的表情。

"我正打算解雇你呢。"

她朝局长走近两步。

局长不怀好意地说:"你无视我的警告,导致有能力的警察赔上了性命。再说了,"局长稍做停顿,像是要说极私密的事情般压低音量,脸上依然带着不怀好意的表情,"你是增强现实自杀的成瘾者。"

她丝毫没有感到震惊。

"是的,但我仍想复职。"

她将手上的资料袋递给局长,里头是她暗地追查黑蕾丝手套国会议员后拍下的照片,以及K与各方政界人士的照片。

"两年前的事,我也能全部查出来。"

"不,你办不到。"

"我办得到。"

局长从座位上起身，在局长室绕了几圈，接着坐回座位，边整理凌乱的夹克衣领边说："你现在一定觉得自己聪明得不得了吧？"

"请您让我回到调查一局。"

"我被摆了一道，被你狠狠摆了一道。你觉得同事们会接纳你吗？"

"无所谓。"

"你可能会受到比隐形人更差的待遇。"

"无所谓。"

她有自信能够重复上百次相同的话，就像在太阳的身影摇曳的城市里，他曾欣然自得地那样说过。

"你千万别忘记了，有多少人因你而死。我会关注你的，关注你会再次犯下何种失误，关注你以何种方式堕落。"

她露出微笑，掺杂着自我厌恶、悲伤、无力感与觉悟的那种笑容。堕落？还有可能变得更堕落吗？也许真会如此呢。露出这种笑容也是最后一次了。她攥紧了左手。

"我想请问最后一个问题。"

局长摇摇头，挥手示意要她出去。

"孩子呢？孩子怎么了？"

局长不耐烦地叼了一根雪茄,点上火。

"孩子当然在孩子的父亲身边啊。听懂了吗?"

她向局长行了个礼,这次是用左手。她往后转,走出局长室。她心想,现在总算回来了,在付出极为惨痛的代价之后回来了,并且很自然地明白自己往后该做什么。虽然暂时会有一段戒断期,但比起真正的痛苦,这点儿事不算什么。偶尔,她还会觉得这种摇摆不定的想法有助于自己。每当她想前往森林时,就会回想起他临死前的那一刻、鲜血汩汩流出的那一刻。她会想起他紧紧抓住自己的手臂,结结巴巴说出的话。

"离开这里,离开这座城市。前辈,这里,这座城市……"

那算是一种遗言,但她无法遵守。她会在午夜梦回时回想起死去的人们——他,两年前的女孩和男孩,在实习室遭到解剖、身份不明的女人们,以及也许被弃置于某处、尚未被发现的尸体……正如局长所言,他们之中有几个人是因自己而死的,这是千真万确的,是因为自己两年前犯的那个错。

不,如今她明白了,那并不是失误。此时此刻,就算能够回到两年前,她知道自己仍会做出相同的选择。那就是我。要是忘记这点就真的完蛋了。很奇怪的是,她的脑海在那一刻,想起了始终在自家门前的马路上白费力气的乞丐。她喃喃自语着,回家路上要记得带点儿零钱,绝不能忘记这件事。

独自留在办公室的局长用钥匙打开最后一个抽屉,将她留下的照片放进去,接着再次锁上抽屉。局长凝视窗外,吸了一口雪茄,口中吐出了烟雾。

阳光太强烈了,几个小时后,会下起第二次人造雨。

局长注视着晴空万里的天空,摇头晃脑地嘀咕:

"天哪,异乡人驾到了。"

作家笔记

接到这个策划案邀请时,我只有个模糊的概念,想写一篇以女性为主角、具黑色电影风格的小说。我认为这类小说的"女性"主角不能卖弄性感,不能与谁坠入爱河,也不能接受任何人——尤其是男性——的帮助,但这样的限制其实很可笑。因为在这种风格的小说中,男主角总是风流倜傥,尽情地谈情说爱,并且接受女人无数次的帮助。

最重要的是,在这种限制的前提下,我变得无法轻易下笔。在塑造主角"她"的面貌时,也耗费了非常多的心力。第一次在脑海中浮现"她"的面孔,是在"他"抓住"她"手臂的那个场面。脑海中浮现那个画面时,我在仲夏的夜晚走了一个小时。

啊,在创作这篇小说时,我不知道在那幽暗、炎热、潮湿的空气中走了多久!我心想,"她"从"他"身上接受了难以言喻的莫大帮助,然后,令人诧异的是,我的脑中开始非常自然地浮现出"她"的脸孔。也许我真正想要写的,是关于接受他人帮助的故事。

过去我也创作过具黑色电影风格的小说。在那些小说之中，主角全都屈服于自己的处境，但她没有。我认为她对于原谅自己是很严苛的，也因此才能做出其他选择。

那会是最好的选择吗？

我不确定，这是个很难回答的问题。

鸟身女妖与庆典之夜

具井模 구병모
©Gu Byeong Mo

1976年生于首尔。2008年以《魔法面包店》获第2届创批青少年文学奖，正式踏入文坛。曾获第39届今日作家奖、第4届黄顺元新进文学奖。著有短篇小说集《红鞋党》《但愿我不是唯一》，长篇小说《一匙的时间》。

闯进悄然无声的巷弄后，才总算脱离了猎人的射程范围。阿表一方面为从枪林弹雨与沙尘之中脱身而感到安心，另一方面又怀疑，拥有具体形体的这个巷弄的一景一物，说不定也是无数障眼法之一，不由得又紧张起来。脚后跟流淌着黏稠的鲜血，刚才不顾一切拼命奔跑时浑然不觉，直到现在才传来疼痛的讯号。阿表用单手小心翼翼地试着按压墙面，摸到的红砖厚实坚固，是非幻影的实体。

他轻轻吐出一口气，将一条腿抬高，弯下腰，只靠摇摇晃晃的单侧脚跟维持平衡，站立的那条腿肌肉紧绷，仿佛快被撕裂似的。要是就这样脱下鞋子，与椰皮[1]后跟垫粘

---

1 皮革呈现类似丝绒、毡毛的手感。

在一块的皮肤就会被撕开而刺痛,由象牙白色变成茶褐色的鞋垫也会露出来,干脆维持这样还比较好,目前只要如此,阿表就别无所求了。况且细跟高跟鞋绝对不会掉下来,就像皇后必须穿着烧红的铁鞋跳舞至死[1],又如刽子手用斧头砍掉凯伦的脚踝前,凯伦必须穿着红舞鞋不断跳舞[2]。阿表脚上所穿的,也许是在两轮月亮上行走的莫卡辛鞋[3]。

无法脱下的不只是鞋子,只要步伐稍微大一些,红色露肩紧身洋装的下摆就会被卷到大腿上,令人提心吊胆。在阿表拼命逃亡时,他无暇分心去在意会不会被后头的人看到底裤——其实在所有人面临穷途末路的情况下,也不会去留意前方奔跑的人是露出了内衣还是肚子——现在松了口气之后,阿表打算干脆脱掉衣服。背后的拉链不知道是怎么拉上的,难道上面被挂了锁头,所以才拉不下来?他在巷弄中散落一地的垃圾中发现了一个菠萝罐头盖,尝

1　出自格林童话《白雪公主》。

2　出自安徒生童话《红舞鞋》。

3　典故出自印第安俗谚"在未穿上他的莫卡辛鞋,在两轮月亮上行走前,别擅自判断那个人",暗喻未站在相同立场前,一切仅是先入为主的想法。

试用它割破衣服，但衣服好像是世界上不曾存在的什么全新材质般毫无损伤，阿表反倒被划伤了手掌。衣服究竟是用什么剪裁的，又是怎么制成的？

大概是衣服勒紧身体的感觉很像是与肌肤相黏的缘故，阿表心想，穿上涂有涅索斯血液的衣服，在挣扎间扯下自己肌肤的海克力士，最后一刻大概就是这种感觉吧[1]。虽然阿表没有像神话描写的那样经历皮肤烧焦的痛楚，但无法撕破、脱下身上的衣服这点倒是很相似。就连插在鬈发上的一个发夹及戴在颈项上的皮革项圈都无法扭转开关。戴着时不觉得快要窒息，等到真的想拿掉它们时，才发现颈项与项圈之间就连一根手指也塞不下。

这身服装与每个细节，从头到脚都是主办单位提供的。数十名志愿者替所有参赛者穿上衣服，有条不紊地替他们化上妆容。所有人均被要求不要亲自动手，或佩戴物品，只要像人体模型般站着即可。难道衣服、皮鞋与饰品上涂了比涅索斯的血液更毒的某样东西吗？若真如此，这会是

1　古希腊神话中的半人马涅索斯因调戏海克力士之妻，遭海克力士以毒箭射杀。涅索斯死前谎称将其血涂在衣服上，可让穿上衣服的人回心转意。后来海克力士穿上沾有涅索斯血的衣服后死亡。

谁的诡计,他的意图又是什么?这是针对多数人为特定对象所进行的生化恐怖攻击吗?又或者如果在此处穿上或涂上什么,接触到空气后,物质就会产生强烈的黏性?——该不会妆也卸不掉吧?

"眼线和唇膏都具有强力防水效果,您可以在开始前放心用餐,也可擦拭眼睛分泌物,如果不是专用卸妆液,用一般香皂是洗不掉的。"志愿者代表说。

用指尖用力抹去沿着额头和脸颊流下的汗水,也只见透明水珠轻轻溅到四方。尽管防水效果极强,但主要是被厚重的粉底液与粉末层层包覆所带来的压迫感,仿佛戴上了钢铁面具。

总而言之,眼下直接影响到生存的问题在于鞋子与服装,发型和妆容还是其次。这身打扮并不适合奔跑,如果是中等身高的女性,这连身洋装将会是恰好落在膝盖上方的优雅舞会礼服,但穿在曾经是篮球员的阿表身上,露出的大腿和小腿肌肉形成了视觉的不协调,彻底成为众人嘲弄讪笑的茶余话题。其实,他几乎就是来这里给大家看笑话的。

阿表深深吸了口气,就地坐下。初次到访岛上的陌生都市，一时之间能拿来掩护身体的盾牌，就只有眼前不知何时会如同海市蜃楼般消失的迷宫巷弄。外头世界动荡不安，令人浑身不自在的累赘服装，身上既没有电话也没有皮夹，完全是个进退维艰的僵局。想攻克难关就必须先掌握状况，但眼前尽是无法理解的事物，任何妙计都无法发挥作用。

阿表坐在公寓林立的巷弄里，但偏偏是个有人啐了一口浓稠唾液的位置。何止唾液呢，从建筑物被蚀蚀的白色干硬残渣物看来，在这数千个夜晚里，至少有数百人醉得不省人事，在此撒了泡尿或留下呕吐痕迹。

这么说起来，这里的市区街道拥有和陆地城市相同的商家形态与结构，也就是说，和阿表相同的人居住在这里。除了这里是座岛，其他均与过去的日常生活毫无分别，但刚才看到的究竟是什么？又怎么会发生这种事？阿表抬起头环视周围建筑一圈，上头没有招牌，认不出是商家还是公寓，由于窗户紧闭所以看不到内部。这些是模型屋吗？但是广场和街道都闹得不可开交了，即便离市中心有些距离，住在里头的人也不至于对远处的惨叫与呐喊无动于衷吧？通常施放烟火或有人高声喊叫、发出巨大声响时，大家都会不自觉地朝窗外看，心想是不是发生了什么事才对，但这条巷子里的人仿佛位于空袭中心，还是上头下了什么指令般窗户紧闭。好比戈黛娃夫人将裸身骑着马经过，所以别往外看……不对啊，又没人那样命令过，而且领主反倒想让夫人在光天化日之下蒙羞，给她一点儿颜色瞧瞧。百姓之所以没有探头看好戏，是出自反抗领主所做的选择……只是在那种情节里，通常都会有一个不肯服从命令的人或状况外的傻子，因偷看领主夫人而双眼瞎掉的偷窥狂[1]……

　　阿表中断了无意义的联想，站起身。从各种伤痕累累的生活痕迹看来，这些似乎不是什么模型屋，或者幽灵建筑。阿表将双手圈成喇叭状放在嘴边，打算大喊请求协助，但即便是置身于混乱与恐惧之中，阿表也没有丧失该有的理性和逻辑。杳无人迹、门窗紧闭的景象，才是这一切事态的证据与现象。无论外头有何情况，理由又是什么，都不会有人开窗伸出援手，反倒是大叫的话，只会泄露自己

　　1　戈黛娃夫人为麦西埃布尔爵利奥弗里克之妻，为了争取减免丈夫强加于人民的重税，于是按其要求，一丝不挂地骑马绕行大街。有一名好色的裁缝师因禁不起诱惑，在窗上凿洞想偷看，双眼因此失明。

的行踪并引来那些猎人。虽然不知道这里是做什么的，但阿表至少知道，自己落入了不管发生什么事都不足为奇的世界的魔掌之中。

阿表试着回想今天一整天发生的情况。前一晚，为了消除大家舟车劳顿的疲劳，抵达后各自都有享用晚餐等个人时间，之后就在宿舍闭目养神，并没什么可疑的事。用完早餐后，全体人员集合，按照指示准备活动或进行个人练习。

游行在晚霞时分揭幕。走上舞台、拿到号码牌的参赛者有五十名，全部都是非本岛的外来人士。在穿服装与化妆等舞台准备过程中，参赛者均不得交谈。回想起来，奇怪的征兆就是从那时开始的。其中有些人应该是结伴前来的，就算不是好了，前一天晚上大家还在晚餐时间与自由时间有说有笑，至少也互通过姓名。准备游行时，许多参赛者挤在宿舍的中央大厅，却要求大家别交谈？真不晓得这是什么目的。加上活动助理跑来呵斥那些不将规定放在眼里、闲聊时爆笑出声的参赛者，气氛瞬间变得冰冷。这项比赛到底有什么大不了的，需要管控得如此严格，搞得大家神经兮兮吗？就算是为了刺激竞争者的心态，但大家毕竟都是成人了，这种方式似乎有些太夸张。

当然，既然优胜奖金有五千万韩元，这自然不会只是小区余兴节目般的比赛。按照阿表的个人标准，如果金额超过一亿，大家一定会觉得可疑，这种规模的活动为什么可以斥资上亿韩元，在递交参加申请书时肯定会引发许多争议，但只有一半的五千万，相较之下显得很有真实感。

无论优胜与否，所有参赛者到岛屿的乘船费用全部免费，用餐与住宿等三天两夜的停留费用也已全额付清，就算没有取得优胜，也可以当成是来免费旅行的。虽然有些人对主办单位的态度感到强烈不满，但化完妆后，表情也只是隐约可见的。因为彼此无法交谈，大家也无法达成类似"反正明天就要离开了，尽可能别互相撕破脸吧"的共识。

总之，起初大家带着些许没好气的表情，参加了揭开活动序幕的游行。若是目测经过时停下来观赏的观光客，有接近上千名。也就是说，如果观光客不是从外部拥入的，就表示这座岛上有超过千人居住。至少到这时候为止，阿表还是如此相信，其他参赛者也是如此，本质上是为了拿奖金而参加竞赛，没人会去留意观众到底有多少人，只要一眼望过去，观众没有少到令人尴尬、刚好是能点燃兴致的程度就够了。

人们拍手欢呼，将缎带和纸花撒向空中，虽然有些喧闹嘈杂，但参赛者仍沉浸在旋律优美、节奏轻快的音乐之中。与民众同欢时，参赛者僵硬的嘴角也逐渐放松，朝凑热闹的民众挥了挥手，穿越广场。

架高的舞台在前方，参赛者站成五行十列听取注意事项。每当播放不同音乐，就会有一名参赛者上台展现个人才艺。每人拥有的时间不过一分三十秒，所以事实上没有多余时间能展现称得上是个人才艺的表演，也没有选择背景音乐的权利，所以也不适合歌唱或演奏乐器。大部分参赛者除了跳舞或走台步，并未想出其他独特的表演。稍微特别点儿的，大概就是身穿迷你裙展现简单武术者、取得段数的参赛者，还有携带鸡蛋和手帕等物品说要表演简短魔术秀的人。

虽然表演这些才能吸睛，在现场人气投票中赢得一定的选票，但除了这些娱乐要素，还会加总评审根据外貌、优雅举止和匀称体态所评的分数。只要没有事先收买评审或有内定者等情况，应该不是什么太不公平的比赛。单凭这种连中央电视台都没来采访的小型活动，也不可能获得进军演艺圈的机会，是个参赛者目标完全集中在优胜奖金、公开透明的单纯竞赛。

在陆地城市举办预赛资料审核时就入选了三百多名，其中五十名进入决赛，来到这里。参赛者平均年龄分布在二十几到四十几岁，也另有谋生工作，这个奖金规模几乎可以说是最高额。尽管有些沟通上的问题，以及对主办单位的高压管理等有些意见，但那或许是由于在素人参加的竞赛中赌上巨额奖金的缘故，加上这种地区性活动通常不是由大会本身管理，而是由外包策划公司执行的，这类打零工的约聘职人员自然会将全副心思放在让活动圆满进行上，所以也无法期待他们会悉心照料参赛者的情绪。听说在以淘汰赛的方式选拔偶像歌手的电视节目中，工作人员经常会大声斥责共同食宿进行训练的未成年参赛者，管控他们的行为，好像和那蛮类似的。想到这次优胜的奖金，这点儿不满是必须承受的。阿表暗自告诉自己。

总之，在僵硬与柔和、不快与愉快来来回回的气氛下，活动开始了。一号参赛者走上舞台，露出微笑并向大家挥手，在热烈的鼓掌声中，有某样东西以军舰鸟般迅疾的速度乘隙飞过，接着，伴随钝重的声响，猛力冲进一号参赛者的怀中。舞台下方的观众与正在等待的参赛者都不知道发生了什么事，顿时广场上一片静默。接着，一号参赛者缓缓低头望向自己的胸口，发现有一支箭矢插在上头，大家全都惊愕地倒吸一口气，各自用手捂住嘴巴。

一号参赛者两眼一翻，身体往侧边倒下时，大家还搞不清楚状况。直到发出"砰"的一声，一号参赛者的双腿稍微往上弹后又落地，四面八方瞬间爆出尖叫声。这究竟是怎么回事？活动人员到底在干什么？怎么在这种状况下还不发挥一下危机处理的能力！如果是恶搞整人，这又未免太真实。

参赛者东张西望，不知道该做何反应，就连疑惑的时间也没有。最初的箭仿佛只是扮演讯号的角色，随即在宛如红海般一分为二的观众之间，一丛箭矢如雨点般朝舞台射来。前去察看一号参赛者伤势的二号、三号、四号参赛者都还来不及实现正义或尽到做人的道义，颈项和背部就分别中箭，接二连三地倒在舞台上。部分射程不够远的箭射中高声喊叫、四处逃窜的人的背部，在他们手臂上造成撕裂伤。如无头苍蝇般乱冲的群众被其他人的脚绊倒，滚落地面,民众如鱼惊鸟散,广场瞬间成了人间炼狱。

又不是在大都市中心,这种穷乡僻壤的岛屿村庄有什么好要挟或具有什么警告效果,竟会在这儿发动恐怖攻击?但也不是大家随即会联想到的那种TNT炸药或乱枪扫射的恐怖攻击,而是莫名其妙下起一阵箭雨。若是故意挑衅,但不合理的部分太多了,也因此难以迅速掌握情势——这究竟是舞台演出还是意外?眼下也没有可以针对现实情况做出理性分析或插嘴评论的人。

参赛者也不管手上拿的是扇子、球还是阳伞,将各种小道具随处乱扔,逃之夭夭。参赛号码四十号的阿表站在与舞台相对较远的位置,多亏于此,才能在减少和其他人的拉扯下全身而退。距离舞台较近的六七位参赛者争先恐后,为了率先逃走而扭打成一团。厮打过程中,还有人的脚踝拐成了不符合人体结构的角度。

看到那些脚踝骨折的人,其他逃跑者也试图想脱掉脚上的鞋子,但玛丽珍鞋的绑带紧紧缠绕在脚踝上,怎样也松不开;即便是没有后跟垫包覆脚踝的凉鞋,无论如何拉扯也无法将脚掌和皮革分开;完全无暇想到要脱掉鞋子、一路死命奔跑的人,鞋跟则是卡在步道砖块的缝隙间。即便他们想将鞋跟拔出来，步道砖块也有如从地狱里伸出藤蔓的生物般紧咬着鞋跟不放，鞋子犹如食肉植物圆叶茅膏菜般包覆脚掌。就连揣度为什么会发生这种事：鞋子怎么会完全脱不下来的闲暇都没有，踮着脚尖跳来跳去的参赛者在颈项或头部中箭后，便以抓着单侧脚踝的姿势倒下。这些人摔得头破血流，鲜血很快染红了广场。

　　逃亡者完全没有机会回顾或掌握这么多的箭究竟是上哪儿去筹措的，又是从何处飞来的，主使者是谁，规模有多大，也无法猜测目的是什么。阿表曾经接受运动训练的岁月在体内留下零星的痕迹，使他得以比任何人都迅速逃离现场。就在此时，他看见貌似负责攻击的三四十人，将箭搭在弦上或从背上的圆筒中抽出新箭的模样，与古代洞窟壁画中的猎人如出一辙。一名猎人在人群中发现了身穿显眼红洋装的阿表，将弓箭瞄准他。阿表飞快地将脑袋偏向一侧时，感受到箭矢从脸颊旁惊险擦过所带来的寒气与铁锈味。阿表立即转身，铆足全力奔驰，但因来不及刹车，眼见就要和在前方奔跑的一群人撞个正着。

　　没想到阿表马上发现了，自己没有撞上谁而跌个四脚朝天，反倒顺利通过他们向前奔跑着。阿表不自觉停下脚步，因为再没有其他方法能表现出他的错愕与讶异，但受到先前加速度的冲击，他摔倒在地上，滚了好几圈。他抬起头，看到逐渐远去的人群……不，他怔怔注视着幻影的脚后跟。它们既不是液体，也不是气体，那么，在光线下看到的那些景象究竟是什么？该不会那些看起来像猎人的人也……可是阿表没有时间回头，或整理思绪，就听到"砰"的一声，一支箭插在他支撑地面的手掌旁的步道砖块上——只要方向稍微偏离一点儿，就会使小拇指和手掌彻底分家。箭杆与箭羽持续振荡着。

到这地步，他已经无法区分哪边是活生生的人，哪边又是鬼魂了。下一支箭不知何时会朝自己飞来，而且那群猎人和他们射出的箭是实体，也是最直接的威胁。就算这一切仅是某人的把戏，是大型的恶劣玩笑，阿表也不想为了区分幻象与真实而亲自体验中箭的滋味。幸亏脚跟没有卡在密集的砖块间，或断裂，阿表毫不犹豫地支起身体，无视一切逻辑，将思考抛诸脑后，就这么狂奔起来。

无论是否出于自愿，阿表今天穿了一整天的高跟鞋，走起路来已经变得很习惯了，先不管在全力奔跑后脚跟流出的一大摊鲜血，更重要的是脚筋和膝盖也在惨叫着。阿表无法这样茫然地原地踏步,巷尾好像有人在偷看这边,但那人随即又胆怯地躲到墙后。由于视线非常低,应该是名孩童。阿表认为机不可失,纵身向前抓住了孩子。就在他认为自己准确抓住孩子的瞬间,孩子消失不见了,阿表的臂弯甚至没有感受到有机体应有的温暖触感。

　　阿表不禁心想,倘若整座岛不是被鬼魂所掌控,那至今双眼见到的群众和孩童也许是相当细致写实的一种全像投影。他们的形体一被接触到就随即消散,表示在某个地方眺望并监视整座岛的人在耍手段,企图惹怒猎物。阿表再也无法忍耐,用力跺脚并放声大喊。那声疾呼并不是要向对方警告的无谓威胁,也不是要求对方现身好一较高下,而是承载着众多的疑问,像是想知道谁在哪里注视这一切,想要的又是什么的集合体。既然阿表已经放声大喊,应该会引来刚才看到的猎人或同党,但饱含愤恨的声音只化为空虚的回响在巷弄里盘旋,然后蒸发不见。在呼喊声消失之处,有更深层的不安与恐惧张开羽翼,将影子投映在阿表的头顶上。

　　此时,某人的双手从后方捂住阿表的嘴巴,勒住他的脖子。阿表反射性地将头往后猛力一撞,那人的鼻子似乎被他的后脑勺撞个正着，一声呻吟越过肩膀传过来。对方随即放松手劲儿，往后摔倒。

阿表转过头，看到一头凌乱的蓝黑色直发、蓝色眼影、混合裸色系的红砖色嘴唇、低胸淡紫色小礼服……阿表认人的功力仅有这个水平，他想不起自己以外的四十九名成员的模样、姿态，但从这种服装搭配看来，肯定是参赛者之一。可是，其他参赛者竟然从后方偷袭并勒住他的脖子，说他和那些人是同伙也很合情理。

阿表迅速做出判断，揪住那人的领口摇晃着大吼："你是什么东西？！"

让人意外的是，对方完全没有想要擦拭鼻血的念头，反倒一脸虚脱地笑了。

"我是人，活生生的人。"

完美无瑕的妆容沾满了鼻血与斑驳的泪水，形成奇妙的违和感，从对方蹲坐的地上飘来一股尿臊味。

身穿淡紫色礼服的人名叫阿信，同样目睹了靠近人后却抓不到，直接在眼前消散或蒸发的现象，然后以近乎失神的状态逃亡到这条街。他的经历和阿表一模一样，由于怎么用力也无法脱掉一身的衣服和鞋子，他变得心急如焚，不禁怀疑自己是否发疯了，又或者这里并非实际存在的世界。可是在见到人们从眼前消失的现象后，又不免觉得这点儿小事有什么好奇怪的，不知不觉中将这场混乱当成自然现象，甚至觉得是这座岛运作的独特法则，就这样一路跑到这里。这不是靠头脑分析出来的，而是在经历前所未见的景况后，某一刻蓦然撼动全身并扩散到皮肤的生存者的自觉。

接着，他们无法确认应该协助彼此还是要阻挠对方，只不过为了避免被这场混沌的重量与密度压死而选择同行。在路上，他们你一言我一语地说起彼此所见与推测，阿表因此获得对于生存起不了作用的一丁点儿结论——任何形式的暴力和死亡，在这座岛都是习以为常的景象，在步行的尽头不可能有落脚处，也无法向任何人请求协助。这里的市民和警察（倘若他们存在）狼狈为奸，为了置我们于死地而要我们来这里，而不寻常的事打从来到这座岛之前就已经发生了。

"你不是收到电子邮件后才提交报名表的吗？"阿信问。

虽然阿表心里嘀咕对方为何不用敬称，劈头就冲着他说"你"，但阿表事后才发现，在阿信宛如钢铁面具般无法卸除的全妆上，有几道无法完全掩饰的皱纹。

电子邮件……阿表从来没有收到邮件。

不对，的确是收到了一封，不是阿表，是阿汉收到的。

就在阿汉走到阳台去接电话后不久，计算机屏幕上通知新邮件的图示开始闪烁，因为一闪一闪的图示很碍眼，阿表觉得反正是垃圾信件，于是按下鼠标左键。发现那不是和工作相关的信件后，他依然没有多想，只是怔怔注视着画面。

内容是关于女装大赛的介绍，没有另外附上官网或链接，只接受用电子邮件提交报名表。活动日程相对写得很详细，但主办单位只写有某某委员会，无法得知那单位是做什么的。而且，穿什么女装啊，那可是年轻时校庆或研修营时拿来搞笑的活动。阿表这么想着，差点儿将含在口中的酒喷到屏幕上。

虽说是随机发送的垃圾信件，但既然主题是扮女装，应该是将收件者设定为男性所转发的群组信。上面说今年的是第四届活动，但阿表往年不仅一次也没收到这种邮件，更是头一遭知道有这种大赛。他暗自判断，也许阿汉有什么异于他人的嗜好，加入了哪个俱乐部，或口味不是那么清淡的少数会员网站，导致他被纳入这种邮件名单。但毕竟这是公司账号的个人电子邮件，他还是多亏了有父母当靠山，才好不容易被判缓刑，这家伙居然还不知力图振作。再说了，不是说有大型法律事务所介入，用妨害名誉的名义反告对方吗？怎么他还有这种闲情雅致，搞这种不像样的消遣……

阿表认真地思索，往后要继续和这种人当朋友和同事，还是把对方当成世界上无数的过客之一，但无论是哪一种情况，他都没有到选择翻脸不认人、断绝关系的余地。也是，如果能那样做，他就不会跑来阿汉家喝酒了。

即便是让自己不自在、甚至憎恶的人，阿表都能毫不避讳地亲近对方并给予帮助，他已经很习惯用"世界上没有出淤泥而不染之人"来合理化自己的作为。年少轻狂、人性的不完整与一时情绪不稳定是随时随地都能拿出来当作挡箭牌的传家之宝。若事态严重，精神疾病同样是能让他人对某人的过失深表同情，乃至于点头认同的王牌。

同居超过一年的女友曾经在分手前问他："身为一个具有基本常识的人，怎么能和那种人持续往来？你也想和他成为同类吗？还是有什么把柄落在阿汉手中？还是欠他钱？再不然就是觉得以后能从他身上分一杯羹吗？"

那时，阿表一脸无所谓地回答："假使父母或兄弟犯下杀人、强奸罪，吃了牢饭后回来，就算全村的人都朝他扔石头，血浓于水的家人也不会将他扫地出门。就算内心混乱不已，羞耻万分，但只要回想起彼此度过的美好时光，或对方令自己心存感激的瞬间，便无法轻易将已经存在的关系一刀两断，只能战战兢兢地祈祷，这些令人头痛的人物能施予最后的恩惠，甚至发挥一点儿良心主动远离我……就像你所说的，这和家人不同，但那只是你和我设定的关系范畴有所差异罢了。可以的话，我不想轻率地与谁反目成仇，但即便如此，这也不代表他向我靠近时，我会感到心情愉快或热烈欢迎，而是将他视为偶尔必须花点儿时间应付的麻烦业务而已。

"我也希望他不要私下找我，在无谓的酒肉朋友或客观的业务之外，当他必须找一个可以拜托某事，乃至于下指示的人时，我暗自希望他可以想到我之外的其他朋友。但既然他不会直接对我造成除了心理上不舒服以外的损害，那他邀约十次，总得有一次去和他见个面，或倾听他说话吧。

"想起因阿汉而受害的人,我当然很轻视他。比如说,如果受害者是你或你姐就另当别论,但我完全不认识受害者,对我来说她连个第三者都称不上,我却得承担些什么,优先考虑那人受到的伤害吗?

"两人之间发生的事只有当事人才知道,我有什么资格以其他人的愤怒与指责为标准说长道短?反倒是假如我和阿汉针锋相对,将他视为仇敌,先前和我无关的弊害就会找上门,他可能会把我当成箭靶,不论以何种形式。每次都乖乖接受当然会彻底变成冤大头,但若处处逼人太甚,平白无故招来怨恨也很麻烦。虽然这样看来,我是刻意不采取任何立场,但从调节紧张关系的角度来看,世界上所有关系都是一种业务。"

尽管无法断言女友之所以离开阿表,关键在于极度厌恶阿表那番乍听之下既有逻辑又功利,但本质上不过是在狡辩的态度,总之阿表相信,想要在社会上立足,与人的关系就不可能一刀两断。虽然部门不同,但两人不知何时必须面对面合作,他不想因为搞砸和阿汉之间的关系而造成职场生活的不便。

反正主张因阿汉而受害的女人已经离开公司,而且好像企图通过反复提出和撤销诉讼来打乱公司气氛,但阿表身为当上代理不过五年的在职者,自然没有理由和离职者沆瀣一气。阿表想守护住的是组织过往屹立不摇的状态。只要忽视一个人的存在就能令公司顺利运转,何必冒着这种风险呢……

阿表的女友在同公司的总务组工作,在遭受到近乎放逐的调职后,自然而然地和阿表分手,她在最后一刻伪装为忠告的恶言恶语是这样的。

"就只有你不知道而已,不,说不定你是明知却装蒜。从你自圆其说、对此花费心思的行为来看,你早就成冤大头了。就是因为你去理会他,他才接二连三地跑来找你。倘若你接受了这件事,你和阿汉根本就没有分别,是五十步笑百步。那种假装无害的天真无邪,是怠惰的另一个名称,终究是你自己欣然地去奉献,成为第二次的加害者……我说的话太重?怎么会?不称它为奉献,难道还有更好的名称吗?……你累了?你的人生都已经四分五裂了,还要拿微不足道的疲累当挡箭牌吗?……"

阿表仔细读着那封参赛说明信的最后一段,前女友的声音在脑中余音缭绕。装扮道具与服装、吃住与交通费用均由主办单位提供，个人需要支出的经费为零，优胜奖金五千万韩元。

这种变装癖大赛的优胜奖金有五千万韩元？

正要重新数五后面有几个零时，阿汉正好结束通话走过来。

阿表强装镇定，若无其事地指着屏幕问："这是啥啊？你对这种有兴趣呀，打算去参加吗？"

阿汉一脸漠不关心地瞥了邮件一眼，露出厌烦的神情，将邮件画面往下拉："哦，没什么啦。"

阿表也回答："哦，是啊？"然后像是表示不会再多问的样子耸了耸肩，识趣地退下。

反倒是阿汉用隐约有事相求的语调贴了上来："我们部门被那个经营地区模特儿还是什么事业的公司选上了，我们部门的大婶主管啊，说既然被抽到了，要求员工一定要参加。可是这一点儿也不符合我的风格，我实在没办法去参加。不知道你能不能去？我怎么能穿女人的衣服啊，先等我发疯再说吧。"

这时阿表才恍然大悟，为什么公司个人信箱会收到这种邮件，但对于阿汉泰然自若地要求对方代替自己参加的厚脸皮水平,他不禁用鼻子哼出一声冷笑。

看到那不乐意的反应,阿汉有些着急了,开始缠着阿表不放。

"不是啦,我的意思是,你好歹在大学校庆时扮过一两次,还是比我熟悉一点儿嘛。反正是在周末举办,也不用特别请假,只要你用我的名字去参加,替我写一下报告不就行了?我一定会给你一个大大的谢礼。形式很自由,写成日记也可以,只要多拍点儿照片回来就行了。真的啦,行程本来都已经安排好了,可是那时我家里有非常重要的活动,所以才拜托你。"

看他殷切恳求的模样,仿佛这即是一开始他邀阿表来家里的目的。截至目前,阿表观察到两件事。首先,阿汉并没有把男性穿着女性服装的行为本身当成一种乐趣,或不可避免的业务,而是以近乎嫌恶与恐惧的偏颇态度视之。其次,也许是阿汉因个人事由给公司带来不少麻烦,他的部门主管想借此宣泄怒气,甚至是为了惩处他,才要求他去做可有可无的事。如此说来,身为其他部门员工的自己就更不应该介入了。可是,即便他这么想……

"代打费用呢?"阿表简短问了一句,阿汉便举起了三根手指头。

阿汉平时就把颐指气使当成待人之道，这项提议显然很符合他的作风。看看这小子，区区三十万韩元就想打发别人去扮女装？而且这事攸关业务，还能算在你的业绩上呢……

"不行，三百万。"

倘若将此次活动当成一种后续活动的投资概念，好比说往后能够进军演艺圈、在电视节目中出道作为附加奖品，或是给予进入经纪公司的资格的话，如果没有非常大咖的赞助商，五千万奖金的赛事是个难以评估的规模。不管怎么看，这都不是适合花费在一次地区庆典上的金额。假如真有这种事，那么监察机关应该展开大规模调查，了解公帑究竟流向了主办单位的哪个口袋，又是如何被挥霍掉的。举例来说，在阿表曾经担任约聘人员的杂志社，每年都会举办约七千万韩元奖金的文艺投稿比赛。当时这笔金额和培养自家作者的基本资金差不多，所以一部分赌注会靠出版书籍来回收。但书籍滞销，连一半投资都无法捞回来，导致主办单位撑不到五年就中断的投稿比赛比比皆是。就这层面来看，没有任何油水可捞的大赛竟然提供五千万奖金？虽然这金额很具诱惑力，但不免令人狐疑。

阿表半信半疑地用电子邮件寄出申请表，并且暗自决定，即便是十韩元，只要回信里有"请将参加费汇款至以下账号"，或反过来要他写下汇入滞留费与各种所需经费的账号，总之，只要有类似内容，他就会把这看作连深山摘野菜的老人家也不会上当的幼儿园水平的欺诈，不管是阿汉的请求还是他部门主管的指示都免谈，一概置之不理。但他只收到告知报名成功的各种说明附加文件，以及第一次数据审查后，在出发当天会在现场以现金给付经费的额外说明。

资料审查通过后，随着日子逼近，阿表为了确认自己即将要跨越的石桥厚度与强度，尝试用各种关键词来搜寻。但搜寻所有年龄层均可浏览的女装大赛，大多是国高中校庆或才艺比赛的影片，若仔细看每一条数据，可以从较难被搜寻到的匿名留言板上找到两年前参加大赛的经验和纪念照。

阿表看到上面写：化妆和服装非常到位，要是没有表明身份根本看不出来是男人。除了四五张活动现场照，找不到更多照片了。根据照片看，虽然有些小组在才艺表演时间做了令人感到些微尴尬的表演，但大家只是一笑置之，同时在场的女性只有员工和观众，没有特别令参赛者忧心的事；还有人在参赛后记提到，大家在合宿期间自然而然地拉近关系，之后还替彼此化妆，玩在一块儿，而自己拿回家的鼓励奖只有一个小小的镀金奖牌和三十万韩元的奖金；后头则有一些对男性穿女性服装怀有恶意的匿名人士，也分不清楚准确的定义和分类，就拿变性人或同性恋等用语大做文章，加以讪笑；也有人留言祝贺参赛者拿到鼓励奖等。若是将后记照单全收，那么除了规模小到觉得荒谬、整体执行很粗糙生疏之外，活动本身看起来没有可疑之处。反正如果在现场发现苗头不对，只要掉头离开就成了，而且也不用特别向公司请假，利用周末去参加就好，当成一种娱乐节目也不坏。

可是昨天上午，包括阿表在内的全体参赛者在集合地点按照报名号码领到装有现金的袋子时，即便已被事先告知，但每当大家注视着彼此的脸孔，和他人四目相交时，仍互相露出略为难堪的微笑。尽管没有人开门见山地说出口，但现场自然形成一种"既然已经领了钱，也签了名，就无法拍拍屁股走人"的共识氛围。

大家的动作很轻松自然，带着些许期待的表情搭上准备好的客轮。虽然有些人不知为何带了女朋友一起来，但大部分人都不想让他人得知自己要扮女装，都是只身前来的。最后就连寥寥几位同行的女朋友也必须按照合宿规定，在乘船前和男朋友告别。

第二天上午，打从扮装过程开始，气氛就逐渐冷却下来，直到阿表开始觉得这里和自己搜寻到的文章中的表达不太一样前，没有发生任何事故。

也就是说，按照原先的情况，起初这应该是阿汉参加的场合，也是阿汉的颈部会中箭并仰头倒下的巨大墓园。尽管阿表擅自点开阿汉的邮件，又被三百万代打费用给打动是出于自身选择，但他做梦也想不到代价是自己必须赔上一条性命。他忍不住朝地面破口大骂，脑中各种想得到的秽语倾泻而出。阿信蹲坐在一旁，轻轻抚拍阿表的背部，指尖带着内心的困惑。

在阿表思索两人毫无交集的共同点，纳闷怎么只有他们收到邮件时，没来由地浮现了一个"不会吧"的假设。

阿表甩开阿信的手，以近乎发泄怨气的语气问："如果有所冒犯，在此先向您说声抱歉，不过大叔您过去有因为任何事情而被判过缓刑或服过刑吗？"阿表把一名留着一头长直发、穿着迷你裙、身上沾满牺牲者喷溅的鲜血，又经历泪水纵横与大汗淋漓的过程后，仍维持着宛如石膏妆容的人称为大叔，就连他自己说完都觉得很扯。

"哦？什么意思？怎么说话没头没脑的？"阿信显得惊慌失措，讲话也跟着结结巴巴，"虽然不晓得你在哪儿听到什么传闻，不过我以前的确是和一名女代课老师有过一点儿纠纷……不过你讲什么缓刑还是服刑，话未免太重了……总而言之，我们私下和解了，教育局审议也认为这不是什么问题，事情圆满落幕。但是，这和你有什么关系？"

听到"和解、女代课老师、教育局"等关键词，阿表脑中霎时浮现出各种新闻提要的内容，不禁心生厌恶地摇摇头。单纯凭这件事就要将两者扯上关系，只能算是个人臆测，样本数也不足以支持这个论点。尽管如此，新闻提要上的内容在脑海中打转。

"她就跟我的女儿一样……平常就像对待家人般……应该是有什么误会……虽然这是诬陷，但如果令她感到不快，我在此诚心诚意地表达歉意……"

虽然在脉络和内容上，这些和阿汉用来捍卫自己的无数好听话稍有不同，但本质带有类似的意图。

"我们曾经是男女朋友……在双方同意下发生关系……只是经过一般交往过程后和平分手罢了，谁也不曾欺瞒……至于分手后也偶尔发生关系，仅是成年男女基于当下的判断与自主决定权所做出的行为……"

尽管没办法确定任何一件事，但阿表仍能隐约拼凑起包装在充满恶意的邀请函、奖金等字眼底下的内容本质。虽然这依然无法解释脱不下也撕不破的服装和鞋子的分子构造，但他的心中有了底——有人即使必须承受此等庞大繁复的过程，也不惜一切想讨回公道。

"收到邮件是一回事，但您为何报名了呢？不报名也行啊。像大叔您这样的人要挑战，应该各方面都会很吃力才是……嗯，这也算一种偏见吗？不过话这么讲也没错啊，大叔又不是年轻人，一定是有什么原因才让您下定决心要穿上这身碍手碍脚的服装吧？"

阿信依然结结巴巴、毫无章法地喃喃自语："要付和解金，各方面急需一点儿钱……"

还有呢？阿表心想他八成是被某人威胁了，不禁咋了咋舌。想必迟早某个单位会寄邮件来，要求他履行和解事项并按照指示行动之类的吧。阿汉究竟对这件事有多少了解，才会提出将近一个月薪资的条件，硬将他赶上架？会不会打从一开始他便谎称是部门主管的指示，实际上是受到匿名者的威胁？阿汉仅是基于身心的抗拒，觉得这件事很丢人现眼才要他参加？总不会明知这是死路一条还派他代打上场吧？——不管是哪一种假设，都一样令阿表心烦意乱。这些可能性闯进了咒骂与作恶之间，互相交缠在一块。网络上的后记不管是发表日期还是照片，想怎么捏造都可以，阿表却对此深信不疑，为了区区三百万韩元，而且还是口头承诺，就交出了自己的生死大权。

如今好不容易有了点儿蛛丝马迹，却依然没有任何脱逃方案。自己和其他四十九名参赛者一点儿关系也没有，也和他们截然不同，从不曾对谁犯错，只不过是代替朋友，抱着半好玩的心态……不，只是约好要收钱，才逼不得已来到这里。在这之前，他总是在全然中立的世界维持自己的本色，尽本分地活着，却糊里糊涂被赶到这里，成为遭人猎杀的对象，真不晓得要上哪儿去申诉自己这份冤屈。

去找刚才那些猎人诉苦求情会比较好吗？他们一旦发现任何动静，就会不由分说地朝这边射箭。这里犹如将时间之衣褪下并抛到一旁，被流放到空间之外，眼前一切要素——假设大规模的写实全像摄影靠技术就能呈现，仍须筹措并动员进行此繁杂手法的巨额资金和人员。且从这里的广场、街道和公寓来看，他们不知用什么方法拉拢了分明存在于此处的人民。还有衣服和道具，如果是采购军需品进行改造，不管它们上面具有什么特殊成分或装置都不会令人奇怪。这么说起来，只要存心使坏，世界上根本没有什么不可能的事。阿表暗自祈祷这条街及巷弄，还有眼前的阿信与自己的模样不过是噩梦的其中一个场面，甚至抱着最后一线希望——自己的存在本身不过是某人想象出来的。

"……往海边走的话，应该会有小船或木筏吧？"阿表暗自嘟囔。

包括活动助理和这个舞台的设计者在内，从外头进来的人很多，至少应该会留下基本的交通工具。如果他们是搭船只来的，好歹货舱内也会有个藏身之处，要是无法躲起来，那就从船员中选择一个女人，或看起来最弱小的人当人质……不对，应该反过来，应该要在能够压制的前提下，选择身材魁梧，或看似位居要职的人。如果挑上船长，想必没有人会多说二话。在这种连基本常识或法律安全网都不留痕迹的地方，老弱妇孺总会率先被丢下。

"无论如何我都要离开这里。如果您打算一起行动，我先打开天窗说亮话，一旦被某个人给盯上，就要铆足全力逃跑。您做得到吗？在脚上蹬着这尖头高跟鞋的情势下，说真的我没有照顾大叔您的余力。"

不知是至今仍保有不愿放弃的正面心态还是没搞清楚状况，阿信露出略显慌张的神色。

"不去向警察或政府机关求援吗？实在没办法的话，跑到小店之类的地方，拜托老板让我们藏身？"

也许他一直都活在那样的世界里，活在自己握有的力量微不足道，但至少能向拥有权力的某人求助的世界里。从未被扔到自己用常识无法解释的世界缝隙的人，很自然会展现出这种乐观且天真的反应。

阿表在巷子角落的废弃材料堆里找到断裂的方形木条

和沾了油污的毛巾，将它们捡起来，带着未雨绸缪的想法，用毛巾将木条绑在左手上。

"会有人吗？就算有人好了，您觉得他会帮助我们吗？我怎么看都觉得他们是打定主意要赶尽杀绝，才把我们叫来这里。要是您有那种想法的话，就请自行去找找看吧。"

阿信虽然明白危急情况时要自求多福，但或许是生怕错过好不容易才发现的生存者，只得犹豫地点点头。"没……没有啦，我会跟着你。"说这话时，阿信的嘴角凿出了一道深刻的皱纹。

阿表很想辩解，说自己有多无辜，说自己是受到了不义的陷害，却无处宣泄愤愤不平的情绪，因而处于肾上腺素达到巅峰的状态。尽管不知道紧跟在后头的阿信或其他人是怎样的，但他对于自己有资格活着离开这座岛这件事深信不疑。在离开那条巷弄前，他看到远处宛如热气升腾般摇曳的人影，是女人的形体——他挥动着方形木条，朝着反正必定是全像投影的那个东西冲了过去。

下一刻，击中东西造成的沉钝感通过手掌震动，沿着手臂传到肩膀。阿表用力挥击后，讶异地俯视地面。女人倒下后，头部流出鲜血，这股明显的异物感传到了阿表的鞋尖。在错愕之际，阿表不自觉地上下挥动手腕，试图甩掉木条，但木条被油污的毛巾紧紧捆在手上，边缘沾上的鲜血与肉块弹向空中。他用颤抖的手解开毛巾上的结，方形木条从手中掉落，巷子里响起木条敲击地面的声音。

从丰腴的中年女人背的环保袋里滚出了几个水果，在一小片血海上缓缓滚动。哦，这……我不是故意的，这真的不是我的错，我不知道这里会有活生生的人。真要追究责任，就去找起初朝着人的颈项射箭、引起混乱和恐慌的猎人，不然就是投射奇异的影像，假装这一切是真的并加以嘲弄，导致看到这景象的人除了生存本能，其他人类该有的意识均被剥夺的某些人。

但比这些辩解更快涌上来的，是先前屡次目击人们中箭倒地后也没呕出的青白色呕吐物。酸味与血腥味混合后，使情势显现出更具体的成分和色彩，令阿表为之震慑。阿信稍微探头远望目前的状况，接着似乎是判断陷入慌乱状态的生存者再也帮不上忙，开始一步步往后退，接着在某一刻转身逃之夭夭了。

泪水与鼻水同时流入嘴巴，尝到的却不是咸味，而是苦味。先前无论如何搓揉都纹风不动的妆容被一点儿一点儿抹掉了，但因为没有镜子，所以无法确认。阿表用手背抹了抹脸颊，看到上头沾了黑色眼线和酒红色腮红。他带着"可能吗"的想法拉扯了一下衣服，但依然无法脱掉，也撕不破。

天底下自然不会有这么便宜的事，就好比某个平时游手好闲的人耍了一点儿伎俩，将牛皮罩在头上，最后却怎么也脱不下来，就这么化身成一头牛，挨着鞭子耕田度日，直到他流下忏悔的泪水，牛皮才犹如蝉蜕般脱落——但类似的情节并没有发生。阿表又拉扯了一下鞋跟，一样丝毫未动，他依然在两轮月亮之上行走。在套上非自身的鞋履、身穿他人之裳前绝对无法体会的感觉，蔓延到阿表的全身。尽管如此，与其说那是一种疼痛感，不如说更贴近瘙痒感。

阿表蓦然发现死者的环保袋里有张露出一角的白纸，于是将它打开来看。他以为那是买菜的收据，结果却是写给某人的短信：

——虽然不知道其他人怎么想，但我不同意这种互相伤害的游戏。活着的某个人若是发现这个袋子内的物品，就请拿去享用吧，还有，请务必竭尽全力逃亡。

为了素昧平生的某人，平凡的中年女人在蜡笔色调环保袋内装满了水果、面包、矿泉水等各种粮食，并打算放到巷弄某个显眼的地方。

这时，一群身影朝阿表的背后接近。不知不觉中，夜幕已逐渐落下。阿表回头一看，后头是没跑多远背部就中了四五箭而往前倒下的阿信。一群戴黑帽的猎人背对月光伫立，将阿表团团包围。在幽暗的黑影中飘扬的帽檐犹如猛禽振翅，搁放在每个人肋下的弓宛如耙子形状的指爪，散发出锋利的光芒。他们看着彼此，你一言我一语地争论。

"他脸上的妆不见了。"

"真的呢，妆消失了。"

"那么这个人就不是执行的对象。"

"可是，就算不知道他之前是怎样的人，但他现在杀了那名上年纪的女人。"

"就是啊，妆只不见了一半。"

"哪有一半？连三分之一都不到。一定是后来就擦不掉了吧？这只能说是单纯的巧合，或是哪边出了差错。"

"不管到哪儿，都会有意想不到的例外。"

"不然就这么办吧，把他的假发，还有剩下的衣服和鞋子都脱掉吧。"

"好，能褪下蜕皮的人无罪，不能褪下的人就是有罪的。如果只能褪下一半……"

只能褪下一半究竟是什么意思？是指褪到一半就褪不下来，还是如果碰到那种情况，自己的身体就会发生什么事？最要紧的是，虽然不晓得他们是以何种基准来实时做出审判，但在那件事之前，六七名猎人——若按照他们的说法是执行者——将阿表推倒在地，分别负责抓住他的四肢。不管阿表如何奋力挣扎，他们依然屹立不倒，用全身的力量压制住阿表，就好像如果必要，他们会永远维持相同的姿势。

见到阿表放声惨叫，头部剧烈朝左右摇晃，其中一人用膝盖——用厚厚的皮革护具紧紧包覆的膝盖——塞住他的嘴巴，将他的头部固定在地面上。接着有好几只手扯下他的假发，阿表顿时感受到温热的湿气沿头皮倾泻出来。十多只手同时迎面而来，缝隙之间透出银白色的月牙，此时阿表领悟了，自己的一切都在污秽的水泥地板和月光之间碎裂崩解。

之后，又有另一人用膝盖猛力压住阿表那宛如砧板上的鱼般凸出的腹部，像是在吐痰似的，让咬在嘴上的刀落在自己手中，然后用它划破衣物。就连用罐头盖破坏都无法留下任何痕迹的连身洋装，竟然伴随着金属声和喷向空中的血腥味，不可思议地裂开了。

许多只手相继拉扯衣服，先前仿佛化成肌肤一部分的一层衣服掉落了，被撕成无数碎片。粘在每一片碎布上头的肉片散发出恶臭。尽管在虚构的故事中，有许多基于各种理由而皮开肉绽的男性，像是落入涅索斯圈套的海格力斯、与阿波罗打赌输掉的玛尔叙阿斯[1]、永远失去尤丽狄丝而招致女人怨恨的奥菲斯[2]，乃至为了即将到来的春季播种而献身的狄俄尼索斯[3]，但在阿表坠入黑暗深渊的意识中浮现的，是被夺去一头秀发和衣着、身上的肉被牡蛎壳和瓷器碎片剜去、惨遭杀害的数学家希帕提娅，真实存在的她。

1　阿波罗发明长笛，送给女神雅典娜。女神嫌恶丢弃并施加诅咒。羊人玛叙阿斯拾起长笛，成为娴熟的演奏者，并向阿波罗挑战。阿波罗击败玛叙阿斯后，将其活活剥皮。

2　奥菲斯的妻子水神尤丽狄丝遭毒蛇咬死。奥菲斯到冥界救妻失败，伤心流浪到色雷斯，遇酒神女信徒要求他吟唱助兴，奥菲斯拒绝，女信徒在盛怒之下将其分尸。

3　狄俄尼索斯是葡萄酒神，酒神节便是在春季举行，祈求葡萄顺利丰收。据说他是被泰坦神族分尸杀死的，也有一说是被天后赫拉下令杀害的。

作家笔记

有句印第安俗谚是这样说的:"别轻易评断他人,除非你穿着他的莫卡辛鞋,步行于两轮月亮之上。"(Do not judge your neighbor until you walk two moons in his moccasins.)我在尚未有网络的时候,因为不晓得这句俗谚的原文,还误以为意指用莫卡辛制成的鞋子,一直很好奇莫卡辛是什么。

正如字面上的意思,这句俗谚带有"不管在任何情况下,都不要随意评断他人"的训诫意味,但若是聚焦在唯有神话或想象中才可能出现的"两轮"月亮,便可得知本质上要理解他人就是不可能的事。

公元前两千年左右,克里特岛是个母系社会,每当举办节庆,男性会穿着女性服装参加,而贵族女性则会在露台上观赏这番景象。[1]

鸟身女妖则是出现于希腊神话的怪物,拥有女人的脸孔与鸟禽的身躯,意思是"具掠夺性的女人"。在故事中将女性设定为怪物或妖精,就和圣女与娼妓的二分法相同,是长久以来的文化叙事传统。

有关最早的古希腊女性数学家兼哲学家希帕提娅的事迹,可参考《城市广场》(*Agora*)等电影和许多小说。关于她遭受严刑拷问,被暴徒用牡蛎壳剜去身上的肉后惨死的背景,其被指控的名目包括传播异教徒思想、成为主教和总督间的政治牺牲品等各种说法,但最具信服力的,乃是因为她身为女性才惨遭杀害的。

---

[1] 参考书籍:《初次阅读的女性历史》,郑贤栢、金贞安著,2011年版。

火星的孩子

金成重 김성중
©Kim Seong Joong

1975年生于首尔。2008年以《请将我的意志还给我》获中央新人文学奖，正式踏入文坛。曾连续三届（第1至第3届）荣获青年作家奖。著有短篇小说集《搞笑艺人》《国境市场》、长篇小说《Isla》。

被发射到火星的十二只实验动物中,唯有我幸存下来了。

我们被冷冻于两百七十摄氏度的液氦中,被发射到未来。

即便是在同事将航线从"做梦"改为"死亡"时,我仍恪守自己的本分,维持生命迹象,与停止跳动的心脏和冻结的身体一起冬眠是我的义务。横越宇宙期间,火星变换为赭红色的虫子、赭红色的衣裳、赭红色的云朵,在我的梦境中起舞。虽然我已成为冰冻之身,但梦境并未冻结,几个世纪宛如一场极为漫长的白日梦。

我被发现时是呈躺卧的状态。发现者是我自己。

我能感受到行星的脉搏顺着血管缓慢循环。

我躺了多久？宇宙飞船是何时抵达此处的？我还活着吗，或是死了？这里是火星还是死后的世界？

疑问接二连三冒了出来，大脑于是下了指令：合上眼睛再睁开。我眨了一下，好，没有什么不同，应该不是出现了幻觉。我又试着让眼睫毛贴合再分开，眨了一下，缠绕在眉毛之间的数百年光阴发出惨叫声并逃之夭夭了。我和宇宙飞船的幽黑瞳孔四目相交，那扇圆形玻璃窗上映照出地球渐次变小的倩影。

记忆一路穿越时间，与此时的我交会对接[1]。满溢的饲料、新鲜的水果和香甜肉汁滴落的肉品，我们是研究室的宝物，犹如祭品羔羊般享受令人目不暇接的供品，直到离开前夕仍备受礼遇。我们是在无数实验动物死亡之后，汇总整理那些数据后所打造出的复制品，我们是人类的梦想。

然而，人类同样是我们的梦想。我的语言、智力、说话与思想方式，乃至怀念地球的那份心情都不折不扣地"像个人类"。我无法区分那份思念是打哪儿来的，是被移

---

1 对接（Docking）是指两个太空载具在距离非常接近、保持相同轨道速度的状态下会合。

植的还是自然产生的。在经历各种实验后所诞生的我，连自己是什么生物都不晓得。

直到出发前，我为了接受检查和勤加训练而忙得不可开交，所以没能好好和地球道别。只有几个画面犹如邮票般残留在脑海中，像是朝着我挥手的人们、发射那一刻的天摇地动、心脏受到的压迫与耳压、简直都要怀疑宇宙飞船是不是起火般滚烫的涡轮热气，以及在真空中游走的电缆线。

沉溺于傲慢之中的男人们。

休斯敦。

倒计时。

沿着圆形玻璃窗缓缓旋转的一群蜘蛛。

倘若事情进行顺利，这里应该不是地球。

倘若事情进行顺利，这里会是火星的某处。

倘若事情当真进行顺利，这里会是未来，因为定时器被调整到五百年之后。

身体一扭动，便感受到全身上下安全带收紧的力道，我这才想起自己被紧紧捆绑的事实。为了避免受发射与着陆时造成的冲击影响，我们被尽可能地"密封"了起来。

脑海中自然浮现训练的事。在我接受的训练中，有自由落体、在真空中移动、处理排泄物，还有寻找解除安全带的按钮。

按钮，按钮在哪里？

刚浮现这个念头，指尖就摸到了某样物品。

冬眠后不代表就能死而复生。虽然安全带解除了，我却没有起身的勇气。身体有可能不像意识那样完好无缺，可能会在冷冻又融化的过程中腐烂或损伤，坏死的神经也可能不会复活。受到重力影响，也许心脏瓣膜变得很脆弱，视力也可能不如过往。我必须像结冻的鱼再次融化般慢慢移动身体，要慎重一点儿，一项一项检查比较好。能够指挥这个过程的人只有我自己。

右手臂，会动。

左手臂，会动。

两条腿和膝盖，也同样会动。

视觉、听觉、触觉已经处于灯亮状态。

现在该起身到外头去了。虽然脑袋这样想着，我却只是盯着宇宙飞船的天花板看。

汪！

汪汪汪汪!

汪汪!

汪!

某处传来狗吠声。若说是我出现幻听,这叫声未免也太长。有只狗以清晰又具节奏的方式吠叫着。听那叫声不像是很多只,而是只有一只狗在吠叫。

难道宇宙飞船的某处是打开的吗?

一想到宇宙飞船的舱门被打开了,我便无法继续躺着。我瞬间坐了起来,然后因为贫血的缘故而头晕眼花,不过身处黑暗中可是我的强项。

我吸了一口气,试着用视觉来描绘疼痛在体内扩散的路径。突触和神经元宣告复活,幽暗的雾气缓缓消散。

睁开眼睛时,有一只西伯利亚哈士奇在我眼前摇晃着尾巴。

莱卡。

小狗泰然自若地开口自我介绍。它用我无法理解的外国语言向我搭话,看我一副听不懂的模样,"汪",它又吠了一声,更改语言后再次开了口。

"哈啰,我叫作莱卡。"

它的英语有着浓浓的外国人腔调。

"你怎么……"

我指着莱卡背后锁上的门,吃惊得说不出任何话来。我无法判断狗会说话和狗会开门进来,到底哪一件事比较惊人。

"……开门进来的吗?"莱卡神色自若地替我讲完整个问句,然后回答,"没有我开不了的门。"

它说,自己可以穿越墙面,也可以穿越重力、穿越银河界、穿越白色和赤色的所有行星。

莱卡是只已经死去的狗。

"宇宙飞船爆炸时,我的身体被炸成了无数碎片,宛如祝福地球的圣水般喷溅到空中,在那之后就一直处于飘浮状态。该死,死后灵魂出窍了才发现,正如你所见到的,没有神明也没有天国,我又无处可去。"

我有种似曾相识的感觉。那是出现在屏幕上的一张照片。我"认识"莱卡,它是我们实验动物的元祖。一九五七年十一月三日苏联发射的"斯普特尼克二号"上的莱卡,是比人类更早前往宇宙的最初生命体。

"我出生于三百年后,所以是你的后代子孙。"

"你来自哪里?"

"亚利桑那,美国。"

"美国人啊,我见过几次,好像是经过金星附近,碰到失事宇宙飞船的时候吧,我从玻璃窗上看到了白发苍苍的年迈男子。他已经彻底发疯了,不停地舔舐着墙面。我问他在干吗,结果他说自己其实很害怕月亮。他曾听说人只要到了月球就会发狂,偏偏就在抵达的那一刻想起那句话。之后我就听到'砰'的一声,操纵的机器从来不曾出现运转异常,反倒是工程师自己先发狂失控了。"

"好有趣的故事。"

"嗯。"

我们伫立在短暂的沉默中。

"感觉其中似乎有什么脉络,发狂的航天员、在死后的世界飘荡的实验动物和在未来复活的冷冻哺乳类。"

最后一句话指的是我。

我弯下膝盖,对上莱卡的眼神,很认真地问:"莱卡,你说说看,我是一部机器吗?"

"不,完全不一样。"

"那我看起来像个人吗?"

"你讲话时确实是像人一样,也是用两条腿走路,但不是人类。"

"我死了吗?不好意思,毕竟你不是已经死了吗?那么你和我像这样对话,不就证明我已经死了吗?这里是哪里?是宇宙,还是死后的世界?"

"问我们身在何处,就和问我们是谁是一样的。"它伸了个懒腰,舒展一下身体,接着故意顾左右而言他,"要不要给你看我的宠物跳蚤?"

莱卡露出背部,上头有胖嘟嘟的跳蚤不亦乐乎地跳来跳去。不知道是否因为没什么重力,跳蚤跳得又高又慢。总共有四只跳蚤,分别以航天员的姓名命名为柯林斯、欧文、施威卡特、艾德林。

"你曾经是人类的宠物,现在却饲养了宠物跳蚤呢。"

"你知道成为实验动物的两大要件是什么吗?"莱卡再次将跳蚤收进身体,跳蚤使劲吮吸着它的鲜血,"聪明伶俐且身强体健,以及没有主人。我曾是一只离家出走、在莫斯科市区游荡的小狗,在跑进研究室吃到肚皮快炸开时,我还心想自己可真是走运。等到我回过神来,才发现自己全身被紧紧缠上了通电的缆线,在飞往宇宙的途中。该死,这根本是在搞摇滚乐嘛。"

它哼着大卫·鲍伊的 *Space Oddity*（《太空怪谈》），朝我眨了眨眼睛。我不知道摇滚乐是什么，也不知道莱卡养跳蚤的原因，更不知道大卫·鲍伊是谁。尽管如此，我仍点了点头，大概是因为觉得很滑稽吧。怎么会有附在灵魂上的跳蚤？所以说，在莱卡的身躯发生氧化作用时，那些跳蚤也在散开后又如宇宙粒子般聚在一起快乐地吸血吗？

"我们不知道这里是哪儿，虽然是火星，但也不知道是哪个次元的火星。反正，你别想太多就是了。"

见我笑了出来，莱卡以和蔼的眼神注视着跳舞的跳蚤。

这次轮到它提问了，它很好奇地球的最新消息。虽然说是最新，其实已经是好几百年前的历史了，不过反正我知道的事情不少。

好比说，它不知道研究室不存在了，将它送到宇宙的研究员全死了；反对违背伦理的动物实验，在全世界进行示威的动物保护人士也死了；莱卡的朋友中，同样被选为实验动物，但最后审查时落选的阿宾娜也死了；苏联也"死"了。

"苏联解体了？"

莱卡仿佛听闻祖国悲剧的亡命之徒般受到了打击。消失的苏联一事勾起它无限的乡愁，毕竟冷战时期的航天员发起了代理人战争，而莱卡被他们亲手送上宇宙。它的存在一度代表着苏联的胜利。

"还曾经有过放我肖像的纪念邮票……"

莱卡像是丢了魂似的。不，应该说是只剩下魂魄了吗？

为了转换一下沉重的气氛，我问它是如何从月球来到火星的。

"死翘翘之后要来这里很方便啊，不过我是靠四只脚爬过来的。在月球上啊，不管人类是生是死，到处都是航天员，人头攒动，耳根实在无法清静。我刚来到火星时，这里还是个没有半点儿足迹的完美隐遁之地呢，所以我才心想，这里既不是天国也不是地狱，根本就是个炼狱。"

"炼狱是什么意思？"

"我的妈妈咪呀，你连但丁都没读过？"狗儿吐出长长的舌头，发出啧啧声。

这只高度只到我膝盖左右的西伯利亚哈士奇聪明得让人觉得荒谬，也无比尖酸毒舌，同时也是个借由对他人的无知表示吃惊来显现自己的知性、傲慢品行的持有者。

"也是啦,在我见过的动物之中,你的模样真的很独特。虽然不属于人类,却和人类一样愚蠢无比……啊,抱歉。"莱卡用丝毫不带歉意的表情说道。

我开始讨厌起这只表情如词汇量一样丰富的小狗了。

"不过,这里的味道你受得了吗?"莱卡突然一脸严肃,动了动鼻子嗅闻着,然后它朝躺着十一具尸体的胶囊吠叫,"你可得体谅一下我,毕竟我是只狗。我的意思是,对嗅觉发达的我来说,尸臭犹如一场酷刑。把他们丢着不管,对过世的同伴也很不礼貌。如果我们要一起生活,有必要打造一个更舒适宜人的环境。"

虽然不晓得我俩什么时候变成了"我们",又是什么时候决定要一起生活,不过我仍先点了点头。相处过后我才逐渐领悟,莱卡很善于发号施令,而我则觉得接受指示比较自在。

打开胶囊一看,和我长得一模一样的复制品用各自不同的方式腐败着。似乎发生了点儿问题,所以胶囊内的冷冻温度没有正常运作。真是一番令人看了不太舒服的景象,毕竟这里展示着各种死亡的样貌,而他们都拥有和我相同的脸。

化为白骨的尸体还好一些，不过当手碰触到还流着黏稠尸水的尸体时，身体不由得起了鸡皮疙瘩。尽管如此，开始劳动后我产生了干劲儿，卖力清扫了每个角落。清理宇宙飞船也等于是在整理过去三百年的岁月，在大肆活动筋骨后，恢复日常生活的感觉也跟着回来了。

窗外的橘红色大气慢慢变厚了，我想趁天黑前埋葬那些尸体，于是打开了宇宙飞船舱门。

我的脚终于踏上了火星。眼前风景和地球的荒凉之地并无太大分别，棱角尖锐的石子、仅有轮廓线条的岩块、没有半点儿云朵的杏色天空——这里真的是火星吗？因为见不到任何云朵，天空仿佛面无表情、高深莫测的人脸。

我将铲子插进地面开始挖土，颗粒比地球更细微的火星沙飘浮于空中，然后缓缓落下，沉淀。我先将尸体一口气放入挖得很浅却宽广的地洞中，盖上泥土，再把着陆时自动张开的安全气囊剪下来，覆盖在上头。我把拿起来很有分量、看起来像是橄榄石的石子压在边缘后，埋葬工作就算告了一个段落。

我的同伴们，十一名复制品，终究等于是为了长眠于火星才经历了这趟漫长的宇宙旅行。

福波斯和得摩斯[1]，两颗毫无生命迹象的卫星在太空中飘浮。

　　走进宇宙飞船，发现莱卡窝在驾驶座底下呼呼大睡。

　　我也走进胶囊躺下来。胶囊依然是个舒服的床铺，一旦设定为睡眠模式，柔软的布料就会立即注入空气并慢慢膨胀，包覆身体。不过，当初设计这项装置的科学家大概料想不到它还有项附加的优点，那就是怀念和人的身体接触时，它能带来心灵上的抚慰。轻轻按压附在布料上头的空气管时，就好像有个隐形人紧紧抱着我。

　　在宇宙这么寂寥孤单的地方，不得不说它真是一项非常有用的功能。虽然我也很想让莱卡体会一下这心情，但它是只极为孤芳自赏的狗，所以很讨厌别人碰触它的身体。

　　我是在初次见到得摩斯那天抱住了莱卡，那天也是莱

---

[1] 火星目前已知拥有两颗卫星，分别为"火卫一"与"火卫二"，被以希腊神话神祇、战争之神阿瑞斯之子福波斯及得摩斯命名。

卡介绍"伊甸园"给我认识的日子。

"这是火星上最美丽的波浪沙漠，'伊甸园'是我替它取的名字。"

走了大半天后，开始出现被挖成贝壳模样的土地。在矮小的丘陵上，垂挂着一道道仿佛手艺精巧的雕刻家雕琢而成的几何纹路，零星的石子闪耀着金光、蓝光与黑光。

"真的好美啊！"

我用手轻轻触摸赭红色的沙子，陶醉其中。毫无湿气、闪耀橘色光的沙子缓缓从我的蹼之间流散开来。

莱卡一副很无言的样子，舌头发出啧啧声："真是搞不懂，既然把你送来这个连半滴水都没有的星球，干吗还要替你安装什么蹼啊？"

就在此时，远处卷来一阵旋风。"远处"这个念头才刚闪过脑海，等我回过神来，瞬间沙尘暴已经来到跟前。

"是尘魔！"

伴随着莱卡的高声呐喊，一阵强风将我们团团包围。我整个人被吓坏了，忍不住抱住莱卡，蹲坐在地面上等待暴风过境。

不知是否因为重力较弱，沙尘暴的威力并不如它的气势般浩大。尽管全身都被厚厚的沙土覆盖,但幸好安然无恙。

等到回过神来,在我怀中的莱卡恶狠狠地说:"下次务必获得我的允许再碰我的身体。"

"哎哟。"

莱卡走出我的怀抱,突然停止说话和动作,发出叹息声。

"怎么了?"

"原来你怀孕了,你是母的!人类可真残忍啊,怎能把有孕在身的动物送上宇宙?"

脑袋顿时呈现一片空白,白光逐渐汇集成一个圆点,转变成实验室的照明。在灯光之中,有一群人身穿白袍俯视我,李赫诺夫斯基博士还有拿在他手上的针筒。

"在地球时,人类拿你做了什么实验?"

屏幕上的图表、塞西莉亚夫人泪眼婆娑地捆绑住我,接下来是……虽然我拼命在脑海中东翻西找,但画面到这边就完全中止了。见我一副结结巴巴说不出任何话的样子,莱卡露出了"早料到是这样"的表情。一股抗拒感涌了上来,记忆数据开始出现中断。尽管如此,我依然察觉了大部分发生的事实——我没有和谁交配就受孕了。

"这叫作'洗脑',简单来说,就是你的记忆被删除了。"

莱卡真的无所不知,而且很懂得如何安慰别人。它嘴上说着"反正没有记忆日子比较好过",同时也露出苦涩落寞的神情。

"你看看我,我什么都记得,一丁点儿都没有忘。成为流浪狗的时期;被领养后又被赶出家门的那一刻;连同我的名牌放在研究室一角的铁窗;我大声吠叫,祈求人类释放我,却被嘲笑我是不会说话的动物(有见过像我这么能言善道的狗吗);全身佩戴沉重装备时带来的压迫感;还有惶恐地目睹宇宙飞船起火的事……我是被烧死的!老天爷啊,宇宙飞船发射不到五个小时,我就在天空化为灰烬。与其保有这骇人的记忆,像张白纸般一无所知还比较人道吧。"

莱卡陶醉于自身的悲剧中,一个劲儿地吼叫。听到那充满怨恨的嗓音,我出自本能地将手覆盖在肚腹上。在连自己是人类还是动物都不晓得的情况下,突然摇身变成一名母亲,感觉不是很奇怪吗?

"我也是母的,我的后代子孙应该还住在地球上吧。"

就在此时,有可疑的物体闪闪发着光。

受到沙尘暴影响,原先被埋藏在地底的某样东西露了出来,乍看之下好像是连接了塑料水管的洗衣机。

见我一走近，莱卡便压低音量发出讯号，要我赶紧挖挖看。

因为没有辅助工具，耗费了不少时间，等我将那样东西取出后，才发现是一台高度仅到我的一半、身躯却有我两倍宽的探勘机器人。可能是用超轻量材质制成的，抬起来时并不觉得它特别重，但边缘的棱角被压到变形了，橡胶圈也从轮子上脱落，电源处于彻底关闭状态。

我说它好像有故障了，但莱卡摇摇头，指着机器人背面。

"你把那边擦一擦。"

它所说的地方是积满厚厚灰尘的太阳能板。

我们将探勘机器人带回来，搁置在光线充足处，没过多久便忘得一干二净，就像把枯死的花盆搁下便抛在脑后。

有一天，宇宙飞船内忽然大肆响起马勒的《第三交响曲》（是莱卡告诉我的）。我睁开眼睛一看，发现机器人启动了。

"真抱歉，这么晚才打招呼。"

机器音听起来彬彬有礼，词汇和抑扬顿挫都很自然，而在正面可以被称为"脸蛋"的部分发出了亮光。虽然它没有嘴巴，但如霓虹灯的眼睛会扩大或缩小成一个点，像动画贴图一样表达自己的情绪。

"我叫得摩斯,是以卫星的名称命名的。"

"那也有福波斯吗?"

莱卡自以为聪明地问完后,机器人的眼睛转换成白钨的颜色,眯成一条细线。稍后,我们得到"福波斯坠落到峡谷中,已经失去讯号很久了"的回答,还有,得摩斯的生命延续了下来。

双胞胎机器人既是拓荒者,也是实验室的兼职摄影师,它们形影不离地在红色大地上四处走动,徘徊至地平线的尽头。它们是相依为命的双人组,如果有一方陷入危机,另一方就会负责拯救它。它们拥有比地球预期还多上五倍的寿命,在执行任务期间,两个机器人建立起紧密的情感联结,智能也越来越高。它们勤快地拍下川流溪涧的网眼组织、埃律西昂平原的样貌、水手号谷的红土及四处寻找水源的足迹,传送到地球上。

传送照片后,它们会播放在宇宙收集到的各种声音,然后一块聆听,假如偶然拦截到宇宙飞船通信的内容,就会高兴得不得了。双胞胎机器人对于自己传送数据过去的蓝色星球怀有一股难以名状的爱,它们明白了什么是

"爱"，也领悟到何谓"思念"，那是无止境地朝同一方向传送数据的行为。

双胞胎机器人拍摄的照片一层又一层地储存在科学家的"抽屉"里，总有一天它们会转换为适合在火星上穿戴的安全帽、手套和长靴。目录会逐渐增加，而在亚利桑那州或新墨西哥州某处会出现一个模拟火星。人类将在那里进行来到此处的事前练习，他们会穿上长靴，绕着圈圈走路，同时运用以福波斯和得摩斯所传送的数据为基础打造出的工具和产品，逐渐习惯类似的重力。

双胞胎机器人犹如想在遥远地球上置产的人般，一来一往地聊着仿真火星的话题，且乐此不疲，其中也包括返回地球后成为具有象征意义的机器人及光荣退休的计划。它们会接受大家的崇拜，在自己开拓、打造的舒适样品屋里安享天年，还有——

"会被制作成邮票吧？"

莱卡冷不防地插嘴，流露出嘲笑的尖锐口吻毫不留情地打破得摩斯的美梦。

"我敢向你打包票，绝对没有那种事。你看，人类根本活不了一百年，凭一两个世纪的发展就想实现移民火星计划?人类啊,总是由第一代开始编织梦想,搭乘船只追求崇仰的自由或寻找黄金而来到陌生的土地上,最后落地生根,由儿子继承那个地方。在丰饶的沃土上自然会一片繁荣啊!直到他们的儿子或儿子的儿子那一代,就会因沉醉于成功的果实而变得懦弱。对人类而言,所谓的成功就和减少重力无异,倘若在五分之一左右的重力下生活,虽然身高会变高,但骨头会变得脆弱,所以他们哪儿都不会去,等到坐享其成的世界消耗殆尽,他们就会起内讧,展开战争。世界一转眼就会和火星一样化为荒芜之地。那么,你们觉得在这个故事中自己要扮演的角色是什么?你们在第一代的野心下诞生;接着到了第二代,你们勤快地传送短信;到了第三代,你们开始被人们淡忘。假如有火星基金之类的玩意儿,我看老早就会被拿去打仗咯。说不定你们传送的电波还会原封不动地被堆放在地球的某处呢,因为没有接收的人。

"所以啊,真相就是这样,抛掉那毫无用处的义务也无所谓,别把电力浪费在竖起高感度的天线上,干脆去清除火星的一颗石头还比较有用。别再四处奔波了,在这里和我们一块生活吧!"

"……但是我已流浪成习惯了。"得摩斯被莱卡的长篇大论震慑住,吞吞吐吐地回答。

"你们模仿人类已经到了匪夷所思的程度!不管是'习惯'还是'流浪',你觉得这适用于机器人吗?总之,如果你喜欢到处挖石头堆,随你的便,这儿可是有名孕妇在场,不知道你有没有医疗功能什么的?"

"我有发现生命体时可派得上用场的生物程序,通称为'医生'。"

"那正好,帮这位朋友检查一下状态吧。"

莱卡将我推向前,我战战兢兢的不知该如何是好。得摩斯伸长像水管一样的手臂,用钳子形状的手将我拉了过去。

"只要一滴就够了。"

一阵灼热的疼痛感过后,它抽走了我的血液,得摩斯的内部传出一阵风扇运转的声音。

"十二周,发育正常,七个月后就会出生。"

"这下可好了,这里什么都没有,却要在这儿生产。"

"尽可能别去下方那一区,因为有辐射线,我看到有将内部冰块加热后所冒出的水蒸气。"

"水蒸气?冰块?你是说火星上有水吗?"

"可能性有百分之七十八左右。"

寻找水源是福波斯和得摩斯最后收到的指示。

现在莱卡下达了最新指示。

"喂,得摩斯,你现在说的可是非常关键的情报,如果有水,不就代表这里迟早会变成像地球一样吗?一言以蔽之,就是没有半点儿好处……但那还久得很,既然我是幽灵,你是机器,所以不打紧,她可就不同了。她要吃要喝,还要调养身体,再加上孩子出生……哎哟,真让人头痛啊。总之,我不在的时候你可要好好照顾她。你既不会碎碎念,动作又很利落,想必能成为一个优良保姆。还有呢?你还会做什么吗?"

听完莱卡的话,我的心情变得好奇怪。

莱卡自从知道我怀孕后便全心全意照顾我,除了我们同是雌性,我不知道它为什么这么做。莱卡仿佛把有身孕的我当成自己的女儿般照顾。虽然它是只像火星的天空般深藏不露的小狗,但想到莱卡现在倾注在我身上的情感,不禁觉得它是某人特地派来我身边的。

听到得摩斯说我已经怀了十二周的身孕后,身体就开始出现了变化。嗜睡与失眠交替出现,躺在胶囊内的时间也增加了。我看着一天天变大的肚子，觉得它就像受光后逐渐膨胀的月亮。

两个朋友每天会在悬挂于宇宙飞船下的吊床上睡好几次午觉。肚里的孩子快乐地摇晃身体时，一股令人感觉愉悦的振动会在体内描绘出充满暖意的同心圆。我感受着波动往外推的力量，嘴角不自觉漾开微笑。微笑的线条在我的脸上描绘出新的地图，但那仅是一时的，其他时候我总是动不动就落泪。检视这些大起大落又让人不知所措的情感，我无法区别这是否同样受到实验的影响，抑或是怀着宝宝的母亲会产生的自然本能。

这和实验无关，是真实的。我心想。身为未知的存在，被丢到未知世界的我，暗自笃定地对自己说："这份情感是真实的，是专属于我的，原原本本的真实。"

某天，得摩斯给我听了胎儿心脏跳动的声音。得摩斯的手臂真是无所不能，因为没有电源关闭按钮，这个半永生的机器必须永远处于工作状态。此时此刻，它使出了浑身解数照顾我们，甚至让我听孩子的心跳声。

孩子的心跳声，仿佛是朝我们全力奔驰而来的小宇宙飞船发出的声响。

"我从没听过如此浩瀚广大的声音。"

莱卡用充满诗意的方式表达自己的激动之情。

在这段时间内,莱卡与得摩斯完成了"水井",每隔四天就会下去汲取十升左右的水填满水罐。虽然得摩斯评估水很安全,但莱卡到现在仍不敢让我喝这水,它用诚惶诚恐的态度照顾我,尽管距离预产期还很久,但它甚至将自己珍爱的四只宠物跳蚤从身体上挑出来,另外放在桶子里。

"我当然不能弃朋友于不顾啦,但你们对孕妇与孩子有害,只好先乖乖待在这儿了。我会不时让你们吸血的,别太失落了,现在得开始准备迎接小宝宝啦。"

这座废墟之所以不再冰冷残酷,是因为我们一同打造了生活的节奏。

我在宇宙飞船底下的凉棚里进入浅眠状态。

虽然表层仍有意识,但有各种梦境在深层来来去去。梦境与意识两侧有两个声音渗透进来。我在梦中看见了云朵,云朵呈现蓬松的羽毛状,那是在火星上见不到的形状。

在仰望升腾缭绕的云朵时,朋友们的说话声从旁边传来。

"三艘船。"

"我知道,你觉得有几名?"

"很多。"

"现在正在着陆吗?"

云朵变幻成宇宙飞船的模样,我透过玻璃窗看见胸口安装心律调节器的航天员正准备着陆。梦境的画面随着对话内容持续变化,主要是莱卡先发问,再由得摩斯回答。

"是人类吗?"

"是啊,是人类。一、二、三、四……少说有七十名。"

人类来了。他们乘坐三艘船,大约有七十个人登陆火星。人类是很可怕的生物。我想起了铁窗。要是他们知道我是实验动物会怎么样?不晓得是心脏在跳动,还是肚子里的孩子在踢,我的心脏扑通扑通跳着。

"水井怎么办?"

尘土上有拖得长长的轮胎痕,轮胎纹路压印在泥土上头,先是变成鞭子的模样,很快又变成得摩斯的机器手臂。我在某一刻被打开了,得摩斯将我的脐带剪掉。

"烧烫是为了消毒。"

因为生产而丢了魂的我,感觉不到任何痛苦。

我们在海边。

"砰!"有冰河坠落,发出宛如枪声般的巨大声响。数百年来隆起的冰河流入水中,而孩子从我的身体出来。甫出生的婴孩沾染了我的血液,全身鲜红。

莱卡高兴得跳来跳去,情不自禁地舔了舔孩子。

"一个孩子诞生了!"

"什么意思?"

"最宏伟淬炼的福音。你连汉娜·阿伦特[1]也没读过?"

莱卡讲话真讨人厌。

我们来到海边,为了替孩子清洗身体而来到冰河坠落之处。一碰触到冰凉的水,孩子便号啕大哭,钻进我的怀

---

[1] 汉娜·阿伦特(1906—1975),为二十世纪重要的政治理论家。"一名孩子诞生了"出自其著作《人的境况》(The Human Condition),正好在宇宙飞船发射翌年(1958年)出版。阿伦特表示,在使人们对世界怀抱信念与希望这件事上,"一名孩子诞生了"无疑是最宏伟也最简洁的说法。这句话又引用自《圣经》,"因有一婴孩为我们而生,有一子赐给我们,政权必担在他的肩头上。他名称为奇妙、策士、全能的神、永在的父、和平的君"。(《以赛亚书》9:6)

中。我看着在小小的手指间宛如薄膜般的透明脚蹼，于是走入水中，将孩子放在我的肚子上方，为他洗涤掉身上的血。鱼儿都在跳舞。刚出生的孩子如鱼儿般游泳。虽然知道这一切是梦，但我并不想中断它，用力将眼睛闭得更紧。

"要是水井被发现会怎么样？"

从现实中传来的低沉嗓音。

再度回到梦境，再一次逃到梦里吧，到没有人类的世界。

大海漾起白色的皱纹，皱纹朝我的方向涌过来，而我不停地跨越一道又一道皱纹。

"波浪。"

"什么？"

"我是说大海的皱纹，那个叫作波浪，你这傻瓜。"

莱卡突然开始和我对话。这里是位于他处的另一个梦境，是在他处的我所做的梦。

两个梦境交叠在一块。

"如果这里真的是火星，你就必须像袋鼠一样跳来跳去，视力也会糟得不得了。最重要的是，你要怎么在零下六十二摄氏度存活？这里是和火星相似的世界吧？所以就算发生了不好的事也不是真的。"

这是另一个莱卡说的话。另一个宇宙、另一个莱卡，好几个次元重叠在一起，时空出现扭曲，梦境与死后世界交错的星球，在分裂之前，我终究被梦境驱逐，只能苏醒过来。

睁开眼睛一看，莱卡和得摩斯依然在我身旁。

"我做了个梦，生下孩子的梦。"

听我没头没脑地说起一连串梦境，得摩斯说，即便在千年之后，这里也不太可能出现海洋。那么，我看到的是未来吗？

"宇宙飞船呢？不是说有七十名航天员搭乘三艘船着陆的吗？"

"你还在说梦话啊？别担心，这里只有我们。"

听到这句话后，我就像身在胶囊被拥抱般，松了口气。

我拾起一颗散发宝蓝色光芒的美丽石子，轻轻放于手心，静静凝视着。某处传来宛如黑色塑料袋飞走的声音，宇宙飞船那一侧出现一个小小的模糊的火山剪影。眼前的风景、熟悉的景象，以及由朋友组成的我的窝，顿时令我放下心来。接着，我突然想对孩子诉说温柔的话语，因他的存在才诞生的话语。

"在整个宇宙里,我只为你担忧。孩子啊,所有星辰都是你的母亲,而我们终究不会受寒受冻。"

孩子即将出生。除了我,还有两位阿姨,所以没什么好担忧的。

见我轻轻摸着即将临盆的肚子呢喃,得摩斯反问:"我的性别是女性吗?"

莱卡仿佛眨了一下眼,竖起耳朵。

肚子像在附和般蠕动了一下。

作家笔记

谚语"船夫多了,船就往山里去"是形容人多嘴杂、易误事,但也能应用于事情巧妙成功的状况。说得再夸张一些,就是"跑到其他星系去"也适用。套用在这篇小说上,它不单是比喻,而是真实的情况。

我在接到女性主义小说的邀稿后,苦思了三个故事,在逐一删去它们的同时,时间如沙粒从沙漏里流失般越来越少,截稿日期迫在眉睫,但等我回过神来,我笔下的人物已经横跨宇宙来到了火星!

我对于把孕妇送到火星去感到耿耿于怀,但至少觉得结局并不冷血无情,因为只要有了朋友和志同道合的伙伴,即便置身火星也不会感到寒冷。

解说

将女性置于故事核心的文学力量

女性主义者/李敏敬

1

　　首先我必须坦承，我从不认同文学的必要性或文学能带来抚慰这种话。这并不奇怪，比起发现新世界的可能性、人类的希望等，我从文学中初次感受到的只是某种模糊的征兆。尽管没有人直接说出来，但我已察觉自己怎样也无法进入这个世界。很显然，倘若我的立场会遭到排斥，那么我决定率先否决它。我决定成为与理解"真正的文学"和具备"文学感性"背道而驰的人，也实践了决心。

　　写作亦是如此。尽管我热衷阅读，却不敢妄想成为作家——不，"我绝对无法成为作家"的说法或许更为正确。即使如此，每每思考未来出路时，脑海中浮现的职业就只有撰稿。这全是受限于我那贫乏的想象力，没做过的事就想象不到，所以在思考职业时，尽管有段不算短的时间未曾提笔写作，我仍致力寻找与书籍有关的工作。而我，同样实践了决心。

打从去年开始，我便誓言要和文学保持距离，动不动就洗脑自己无法成为写作之人，这样的我也许是最不够格在此共襄盛举的人。但这七篇故事是如此令人熟悉，变成印刷字体后的模样又是何等陌生，于是这次，我决定写出那满腔的喜悦与眷念。

仔细想想，我从未真正远离文学，反倒循序渐进地从童话跨越到小说的范畴，尽管我无法彻底理解它。后来我才明白，我无法理解的几乎是男性笔下的文章，女性写的多数文章却能够理解。所以，其实我可以选择持续付出心力，直到彻底理解出自男性之手、被认证为文学——亦即独占文学性赞誉——的文章，并试图克服自卑感。然而，相较于浸濡放诸四海皆准、具恒久人类价值的文章，喜爱处于边缘、细琐的文章已令我感到满足。无论是将此视为从认可的斗争中挣脱出来的正向心态，还是为守护自尊的自我妥协都无妨。从结果来看，我也庆幸自己做出这样的选择，多亏于此，我才得以长久浸濡在女性的故事之中。

写作亦是如此。无论校内还是校外，我从不曾错过任何一场作文比赛；必须从画图和作文中择一上交时，我也总是选择作文；在不安、混乱与喜悦窜流的瞬间，每每都会提笔如实记录下来；面对离开之人或成为离开之人时，我会执意写信；旅行时，即便晚上已经筋疲力尽，也必定要写下当天的日记才肯就寝，没有一天落下。尽管如此，我之所以无法想象写作的自己，原因在于认为我写的东西不能称为文章。

虽然没有听谁说过，写正式的文章就如同创作文学，也是一种属于男性特质的行为，但我看出了端倪。也许我曾在哪儿听说过，只是不复记忆罢了。但确定的是，之所以会认为我的文章不能称为文章，是因为文章等同规范，而规范是男性的所有物。还有，很久后我才耳闻，厄休拉·勒古恩[1]曾表示，写作是男人制定规则的领域，因此她长期以来都用男人的方式书写；而职业多栖的托妮·莫里森[2]之所以刻意避免介绍自己是作家，原因就在于自己身为女性。

我生活在女性创造的故事中，写文章的岁月比我记得

1　Ursula K. Le Guin，美国奇幻小说家，最知名的作品为《地海传说》系列。

2　Toni Morrison，美国非洲裔文学家，曾获诺贝尔文学奖。

的更久。我之所以能以有别于过往的方式来定义自己，是源自一种安心感——不必打包行李离开这个位置的安心感；不必紧张兮兮地担忧自己来错地方，迟迟不敢卸下行李。就如同在以女性主义为号召的场合上和女性主义者齐聚一堂的心情相同，倘若没有遭到侮蔑或需要抗辩，就不必和世界针锋相对，自然就能放松下来。光是能将这各有不同的故事逐一排开，就令人安心，也足以展开关于自己的诸多想象。

2

发生江南随机杀人事件[1]后，我开始写鼓励女性开口发声的文章，才终于认可自己所写的也是文章。我无法忘掉那一刻的感觉，仿佛出生后首次开口说话，而展读这七篇故事的时光，似乎也会同等难忘。

从小就阅读女性写的女性故事长大的我，在看到小说

---

[1] 2016年，首尔地铁江南站附近发生一起三十四岁男子随机刺杀二十三岁女性的杀人案。嫌犯供称长年受到女性漠视，激发他的"女性嫌恶"而成为行凶动机。

中的女性说着自己要说的话，不需要任何让步、说服、需要被肯定的情节，居然感动莫名。这是由于过去我一心认为女性会被排拒在文学世界之外。而一路走来，我终于了解那是基于何种原因，也明白了于此刻出版女性主义短篇小说，具备了何等意义。

即便在女性的文章被贴上不是文章的标签，女性不被允许写文章，甚至习文写字都遭到禁止的时候，女性始终在写作。那些仿佛一开始便已存在，只是不经意被拾起的故事，其实是鼓起莫大勇气，克服了无人给予拥抱的孤独、怀抱对自身与故事的不信任所道出的。她们与时代对抗，勇敢地将故事说出来，也帮助我们从那个时代解放。

尽管好不容易摆脱了束缚，但写成文章的女性故事依然令人感到很陌生，数量少到难以和建构起坚固世界的语言相比较。然而这份陌生感却频频在屹立不摇的世界上凿出裂痕，它无法柔软地渗入任何一处，只能持续造成裂缝与冲突。

女性毕竟占据了世界一半的人口，她们终有一天会认识自己的故事，所以即便这些叙事可能造成排拒感，但也可能很快被接受。接着，更多故事会被唤醒，女性会开始诉说那些被以为只能放在内心发酵或遗忘的故事。

借由女性主义之名所诉说的七篇故事，可以获得各式经验。如果你是一名女性读者，也会在他人写的故事中发现自己的身影，在《致贤南哥》《你的和平》和《更年》中尤其如此。

《致贤南哥》仿佛把我们曾经犹豫着要不要写到日记里，或曾经差点儿脱口而出的话都写出来了。并且，是否与男人谈恋爱没有想象中重要，因为这个故事的对象并不是贤南哥，而是写信给他的"我"。异性恋女性可能会产生强烈的既视感，怀疑自己是否也曾和贤南哥这样的人交往，即便不是如此，脑中也会浮现出以某种方式和男性建立关系的记忆。那一刻，以为只攸关写信给贤南哥的"我"的故事，也成为与其产生共鸣的读者"我"的故事。

《你的和平》是关于一对男女朋友结婚在即的故事。引子才刚说完，这篇小说就偏离了我的预想。如果不想错过这点，就必须留意到作者将男方的家人称为"宥真的家人"，而非"俊昊的家人"。这虽然不是一个很露骨的暗示，仍能感受到某种程度的违和感。不仅是因为我们以为焦点在于俊昊与善英的关系，也由于在韩国社会，父母习惯用第一个孩子的名字来称呼彼此，长女却连在这种事上都会遭受冷落。她们其实占有鲜明的地位，只要想到每次都最先被呼唤却又和镁光灯相距甚远的长女们，我便擅自认定这是一个替长女发声的故事。

《更年》这篇作品中，我们必然能从不得不自我怀疑的女性身上发现自身的模样。因为不管自己的人生与女性主义的距离或远或近，性格温顺乖巧或强悍好斗，女性都必定会面临不符合普世价值的时刻。只要有所偏离，对自己的疑心便于焉展开。但若能坚持不懈地表达出来，而非轻易抛下疑虑，就能在不知不觉中改变世界。特别是《更年》中在吐露内心的话者——既是父权制下的受害者，又积极复制相同规范，把和女儿起冲突视为理所当然的妈妈——的立场上，这项发现能促使我们萌生其他梦想。

除了那些能发现自身的故事，大家也会读到与日常明显拉开一步距离的故事。以大方向来区分，《让一切回归原位》《异乡人》《鸟身女妖与庆典之夜》和《火星的孩子》便是如此。

你将会为这七个故事中没有任何女性遭到冷落的事实大感意外。但假如往后我们仍只阅读唯有在需要女性特质时女性才会登场的故事，或许就会用负面角度来看待自己在世上的价值。这四篇故事各自以不同方式颠覆了世界的规则——女性只存在于微不足道的、边缘的主题，或必定有某些理由才会担任主角的潜规则。

在《将一切回归原位》《异乡人》两篇作品中，以"崩塌建筑摄影师"和"警察"为职业的女性理所当然地担任了主角。尽管我们在"作家笔记"中看到作家们说自己煞费苦心，但她们笔下创造的人物早已获得解放。

这些角色没有被局限住，而是自由地在故事中穿梭，在熟悉与不熟悉的路上交错行走。在故事中，没有人要求她们只能走在中心位置上，而她们似乎也不曾想过自己扮演的不是主角。故事中的女性之所以能呈现此种样貌，全仰赖作家的苦心，才能让女性不受限于既定形象，同时又彰显女性特质。

相反，故事反倒将男性安排在传统女性的位置上。在《鸟身女妖与庆典之夜》中，男性必须亲自被放在那个位置上，才得以理解长久以来"女性遭受杀害的历史"。不得不说，女性为了谈论女性之死，唯一办法就是必须再次亲自经历死亡。不管是在故事中，还是外面的世界，女性都太频繁地遭到杀害。

《火星的孩子》说出身为女性才得以诉说的故事,并将它置于核心。它所诉说的是在标榜征服与支配的男性斗争结束后,几个角色等待新生命到来的故事。在人类与非人类的分界、生物与非生物的分界上,温度透过崩塌的缝隙扩散开来。尽管女性生育的故事一直不被视为具有普世价值,但此行为关乎一半的人类,且从结果来看,终究也与剩下的另一半息息相关。如今我们会发现,即便是在谈论有关母亲的故事时,儿子也比母亲更经常位于中心,并为此感到讶异。就如同达成向来被视为不可能的事情般,更改长久以来的故事模式,对我们也同等重要。

理所当然地让女性担任主角,将男性随机安排在其他位置上,而且不把女性必须担任主角的故事视为微不足道。这样的尝试揭开了此前无法被看到的女性面貌,撼动了世界。我敢担保,若想得知有关女性的真实样貌,从迟疑扭捏的女性着手都比自信满满的男性合适。尽管这些女作家在"作家笔记"中坦承,创作女性主义小说时面临混乱与恐惧,但即便没有足够的信心,她们终究承袭了上一代选择相信自己的勇气。

这七篇故事便是从这里延续下去，从缩小曾经巨大得不可撼动的混乱与恐惧开始。还有，这些故事将会拯救某些不想再怀疑自己的想法，认为世界和自己之间错误的大概是自己的女性。看到自己所背负的心情以泰然之姿被印刷出来后，那些女性将会稍稍收起对自己的不信任，长久以来认定自己犯错的女性也有机会改变想法。女性展现自己时必经的混乱和恐惧会逐渐缩小，终有一天会销声匿迹。原先从躲在角落的配角身上寻找与自己相似之处，并且对此心有戚戚焉的女性，也会在见识到众多从未想过自己不是主角的女性角色后，耳濡目染，进一步用相同的方式活下去。

这就是所谓文学的力量吗？过去无法令我轻易产生共鸣的话语，如今我才得以产生想象。

因此，若能一代代书写下去，倒过来书写，以全新的方式书写，再次去书写，至今陌生的文章就会逐渐累积立下稳固的基础，开创出崭新的土地，就像梦想他方之人，以及缓缓朝那方向移动之人至今所做的那样。

我深信，将女性的人生置于核心的这本短篇小说集将会成为宣告另一个起点的全新里程碑。

文治
© wénzhì books

更好的阅读

特约监制：潘　良　于　北
产品经理：韩　帅　烨　伊
特约编辑：刘　烁
版权支持：冷　婷　张一帆　郎彤童
营销支持：金　颖
装帧设计：尚燕平
封面插画：袁小真

关注我们

官方微博：@文治图书
官方豆瓣：文治图书
联系我们：wenzhibooks@xiron.net.cn